KB025690

# 나는
## 나를 위해서
# 산다

작지만 매운 여자 김문숙이 달린
도전과 극복의 지구 한 바퀴

# 나는 나를 위해서 산다

김문숙 · 에릭 베어하임 지음

"길을 모르면 물어서 가면 될 것이고 잃으면 헤매면 된다.
하지만 중요한 것은 나의 목적지를 잃지 않는 마음이다."

**루이체**

Contents

| Prologue |

# 들꽃, 지구를 달리다

"정말로 여행하셨어요?"
"사진만 찍은 것 아니고요?"
"남편에게 이끌려 간 여행이죠?"

전시를 보기 전이나 강의를 듣기 전, 나를 본 많은 이들이 이와 같은 질문을 한다. 그러면 나는 "왜요?" 하고 되묻는다. 겉으로 보기에는 내가 자전거도 못 탈 것처럼 조그마하고 약해 보이기 때문일까? 겁 많은 사람처럼 보여서일까? 아니면 자전거 여행을 하는 여자에 대한 각자의 선입견 때문일까? 나와 내 여행에 관심을 보이는 사람들 중에는 어떻게 그 먼 거리를 여행했느냐며 신기해하다가 다리 한 번 만져 보자는 이도 있다. 나를 보러 온 사람들의 수만큼 반응도 다양하다.

어쨌거나 진실은 농담이 '진담', 영화가 '현실', 남편 때문이 아닌 '나'의 의지로 여행했다는 데 있다. 작은 고추가 맵다는 옛말을 떠올리며 내 작은 체구에서 단단함과 강인함을 기대하지만 사실 나는 약하다. 성격이 원만할 것 같지만 모났다. 이런 내가 지구를 자전거로 한 바퀴 돌았다.

자전거로 지구를 한 바퀴 돌아온 10년간의 여행은 내게 희망이자 살아 있는 삶 자체였다. 그 시간은 '나에게 여행이란 무엇인가?', '내가 가야 할 삶의 방향과 목표는 무엇인가?'에 대한 답을 찾아가는 여정이었다. 여행을 하는 동안 조병화의 시 〈작은 들꽃〉처럼 아름다운 것들이 존재하는 세상에 살고 있다는 사실에 고마웠고, 서로의 상봉에 뭉클해하며 여행 중 만난 인연이 오래오래 지속되길 바랐다. 그리고 작은 들꽃 같이 아름다운 세상을 가꾸며 사랑하기로 마음먹었다. 내 삶의 열쇠가 이미 내게 있음을 깨닫고는, 주변을 탓하기보다 지난 시간과 스스로를 돌아보면서 현재를 살고 미래를 설계하기로 말이다.

여행하는 동안 우리 부부가 경험한 것들을 강의와 사진 전시를 통해 많은 사람들에게 전했다. 앞으로도, 여행을 하려는 사람이나 여러 이유로 못 하는 사람들에게 조금이라도 실감나는 이야기를 전하면서 여행에서 받은 느낌을 공유하고 싶다는 게 남편인 에릭과 나의 바람이다. 여행을 꿈꾸는 이들, 특히 자전거 여행을 하려는 이들에게 자전거의 기술적인 부분을 전혀 모르는 나 같은 이도 자전거 타고 세계 여행이 가능했다는 점을 공유하고 싶다.

떠나고 싶은 사람과 새로운 시도를 마음에 둔 사람들에게 두려움보다는 '난 할 수 있다', '노력하는 사람에게는 길이 보인다', '부정을 긍정으로' 같은 마음가짐을 심어주고 싶다. 여행하는 내내 나의 페이스메이커가 되어 나를 격려해 주고 북돋아 준 에릭이 있어, 난 인생의 열쇠가 바로 나 자신에게 있다는 것을 깨달았다. 그래서 난 또다시 그와 함께 떠날 준비를 한다.

1998년 7월 21일 독일 출발, 1999년 10월 31일 한국 강릉 도착.

1998년 자전거 여행이 오늘의 나를 만들었다.

오늘의 내가 있기에 미래의 내가 존재한다고 믿는다.

진정 길을 잃는 것은
집에 정착을 하며 사는 것이다.
안전한 직장에 다니는 것이다.
그것은 길을 잃는 것뿐 아니라
본성의 길을 영원히 잊어버리게 되는 것이다.

# 01
# 일단 저질러라!

# 모든 것의 시작, 빨간 자전거

1993년 1월 12일

"눈 감아. 그리고 내 손 꼭 잡아. 내가 눈 뜨라고 할 때까지 뜨면 안 돼."

한 손에는 장미 한 다발, 한 손에는 샴페인을 든 에릭의 목소리가 들떴다. 내 생일에 당사자인 나보다 에릭이 더 기뻐하는 것 같다. 방을 나서자 그는 내 시야를 폭이 좁은 천으로 가려 묶고 계단으로 나를 이끌었다. 한 칸 한 칸 계단을 올라 문을 나서니 찬 공기가 느껴졌다. 기숙사 방에서 정원으로 가는 길이 왜 그리도 멀게 느껴지던지. '무슨 이벤트일까? 친구들을 초대했나?' 그의 손을 잡은 채 한 발씩 따라가는 동안 유난히 숨이 차 계단이 더 가파르게 느껴졌다. 눈을 뜨면 무엇인가가 있을 것이라는 기대감에 들뜬 마음 탓이었을지도 모른다.

"어디로 가는데? 궁금해서 심장이 쿵쿵거려."

"오른쪽 조심하고 왼쪽으로. 다 왔어. 손에 잡히는 게 뭔지 맞춰 봐!"

에릭이 내 손을 이끌어서는 무엇인가를 잡게 했는데 무엇인지 전혀 감이 오지 않았다. 약간 푹신한 것도 잡히고 쇠처럼 차고 얇은 것도 느껴지고, 알쏭달쏭했다.

"고무랑, 쇠랑……. 글쎄?"

"맞아. 힌트를 주자면 그 고무는 둥그레!"

"흠, 모르겠어."

에릭은 다섯 개의 힌트를 줄 테니 그 안에 맞춰 보라고 했다. 그래도 모르면 눈을 가린 천을 풀어 주겠다고도 했다.

"첫 번째, 겨울을 제외하고 독일에서 자주 사용하는 것. 두 번째, 네가 좋아하는 빨간색. 세 번째, 발이 두 개. 네 번째, 타고 다니는 것, 다섯 번째, 이것으로 여행을 할 수 있음!"

혹시 자전거가 아닐까? 하는 생각이 들었지만, 곧 깜작 이벤트를 하는 에릭을 기쁘게 해 주고 싶은 마음이 들었다. 나는 "잘 모르겠어. 빨리 풀어 줘." 하고 능청스럽게 쇼를 했다. 그제야 에릭은 눈을 가린 끈을 풀어 줬다.

내 눈앞에는 너무나 예쁘고 깜찍한 빨간 자전거가 놓여 있었다. 너무 기쁘고 감격해서 할 말을 찾지 못했다. 눈물이 왈칵 쏟아졌다. 그날은 반짝이는 햇볕 때문에 자전거가 유난히 반짝반짝 빛이 났다. 어렸을 적 아빠한테 선물 받았던 자전거도 빨간 자전거였는데. 나는 감격해 마지않았다. 특히 내가 있던 독일의 카셀에는 자전거로 통학하는 대학생들이 많아 나도 자전거를 구입하려던 참이었다.

나의 생일 선물, 첫 선물, 빨간 자전거.

"내 꿈이 세계 여행인데, 세계는 다 보지 못하더라도 나중에 당신 고향 강릉까지 가 보지 않을래?"

"참, 자전거로 어떻게 한국까지? 꿈도 좋아."

그의 농담이 진담이 되리라고는 꿈에도 생각하지 못했다. 하지만, 2년 뒤에 실현되고야 말았다.

## 첫 자전거 유럽 투어

첫 자전거 여행은 15일간의 유럽 투어였다. 에릭이 유럽의 한 건축 응모전에서 상을 받게 된 것을 계기로 그 시상식이 있는 헝가리 부다페스트에서부터 다뉴브 강까지 15일간 자전거 여행을 하기로 결정한 것이었다.

다뉴브 강의 자전거 도로는 평지이고 정비도 잘 되어 있는 편이어서 가벼운 하이킹 정도일 것이라고 생각했다. 하지만 이마저도 결코 쉬운 여행은 아니었다. 노숙도 해야 했고 여러 가지 어려운 일들과 맞닥뜨려야 했다. 그렇지만 이상하게도 편안한 여행을 하면서도 내게 가장 짠하게 마음에 와 닿은 여행은 자전거 여행이었다. 이후 우리 부부는 직장을 다니면서 거의 주말마다 하이킹을 떠났고, 점점 자전거 여행에 흥미를 가지게 되었다. 그러던 어느 날 에릭이 말했다.

"내가 예전에 자전거 선물하면서 말했던 것 생각나? 당신 고향 가자던 말. 우리 자전거로 한국까지 가 보지 않을래?"

준비는 본인이 할 테니 자전거만 열심히 타면 된다고 했다. 처음에는 아무 생각도 없었다. 그냥 저러다 말겠지, 했다. 안정된 직장을 팽개치고 떠났다가 다시 돌아와 일상으로 복귀한다는 게 쉽지 않으니까. 내게는 여행에 대한 구체적인 계획도, 생각도 없었다. 하지만 에릭은 달랐다.

"돈은 있다가도 없고 없다가도 있는 거야. 직장이야 다시 구하면 되지. 좋은 차, 넓은 집이 뭐 그리 중요해? 우린 젊으니까 뭐든지 할 수 있어. 당신 굶겨 죽이지 않을 테니까 걱정 말라고."

나는 그제야 마음이 섰다. 어차피 인생은 단 한 번뿐인 것. 그래, 한번 도전해 보자.

우리는 여행 날짜를 정하고 1년 동안 열심히 경비를 모았다.

## 현실보다 꿈

“자전거로 여행을 떠나려고요. 독일에서 출발해서 한국으로 갈게요. 아마 1년 넘게 걸릴 거예요.”

본격적인 여행이 시작되기 1년 전, 우리는 한국에 갔다. 부모님을 뵙고 우리 의사를 밝혔다. 기가 차고 어이가 없었는지 아빠는 아무 말도 없었다. 우리는 그저 방으로 들어가는 아빠의 뒷모습을 보고만 있었다.

딸자식을 타국으로 유학 보냈더니 독일 남자랑 결혼했지, 이제 결혼시켜 둘 다 좋은 직장에 들어가 집 장만하고 잘 살려나 했는데 여행을 간대지. 부모님 입장에선 또 웬 날벼락인가 싶었을 게다. 에릭을 처음 만났을 때 그의 나이는 서른이었다. 그때 아빠는 에릭이 집도, 차도 없는 학생이어서 탐탁지 않아 했다. 하지만 그 이후로 우리 부부의 삶은 아주 풍요로웠다. 나는 영사관에서 남들에게 인정받으며 생활했고, 에릭도 건축 감리에서 아주 성공적인 커리어를 쌓았다. 우리가 생각하기에도, 부모님 보시기에도 풍족한 삶이었다. 이제 자리 잡고 잘 사는가 보다 안심했더니 갑자기 웬 황당한 여행! 그것도 1년이 걸리는 자전거 여행이라니, 아빠의 한숨이 이해가 되기는 했다.

"꿈이나 소설에서 나오는 일들을 현실로 꼭 할 필요는 없단다."

한참 뒤 아빠가 먼저 말했다. 에릭은 그 말을 듣고 아빠에게 조금 실망했다고 내게 털어놓았다. 아빠가 예순이 가까운 나이에 번지 점프에도 도전하고 온갖 모험을 즐기는 분이었기 때문에 우리 여행을 제일 기뻐해 줄 것이라고 생각했는데 완전히 역반응이었기 때문이다. 그 뒤로 독일로 떠나기 전까지 아빠는 여행에 대해 한 마디도 다시 꺼내지 않았다. 우리도 더 이상 문제를 일으키고 싶지 않아 조용히 독일로 돌아왔다. 그리고 부모님께 또 한 번 걱정을 끼쳐드리더라도 희망과 꿈을 향해 떠나기로 했다.

여자 나이 사십 대 중반, 남편 나이 오십 대!
불안한 삶을 사는 사람들은 우리를 '미쳤다'고 하고
안정된 삶을 사는 사람들은 우리를 '부럽다'고 했다.

## 행복을 찾아서

여행을 하기로 결정은 했지만 나에게 모든 게 달나라 꿈나라 이야기만 같았다. 경로나 여행할 국가에 대해서 구체적으로 알아보지도 않았고, 그저 떠난다는 생각만 갖고 있었다. 언젠가는 떠나겠지? 독일에서 고향 강릉까지! 도전을 해 보는 거야! 불가능을 가능으로 만들어 보자고!

그때 내 몸의 세포들은 내게 변화를 요구하고 있었다. 직장을 옮기든지, 새로운 소일거리를 찾든지. 나의 발전을 위해 변화를 주어야 한다는 생각이 들기 시작했다. 하지만 그 생각을 실행으로 옮기기란 쉽지 않았다.

"자전거가 제일로 좋은 것 같아. 자유롭고 여러 가지로 경제적이고, 건강에도 좋고……."

내가 한 말이다. 나는 그 당시의 감정을 그저 말했던 것뿐인데 에릭은 그 뒤로 자전거 여행을 염두에 두고 치밀하게 준비했다.

그렇게 우리의 여행이 시작되었다. 우리만의 행복을 찾아서 말이다.

## 기억에 남는 응원

3년 간 정들었던 것들과 작별하고 여행을 떠난다는 것은 참으로 쉬운 일이 아니었다. 게다가 자전거로 여행을 떠나는 것, 그 자체가 실감이 나지 않았다. 여행 일주일 전에 직장을 그만두었다. 세간도 정리해서 남은 물건들은 시댁에 옮겨 놓았다. 떠날 준비를 하면서도 여행이 꿈나라 달나라 이야기 같이 멀게 느껴졌다. 친구 휘정이가 새벽에 일어나 싸 주는 김밥을 받을 때도, 떠나는 날 아침 소영이가 사준 맛있는 빵과 커피를 마실 때도, 사무실에서 자전거를 찾아 휘정, 소영, 미은, 옥자, 완철 씨와 인사할 때도, 같은 건물에서 생활하는 동안 친하게 지냈던 독일 사람들과 작별을 하는 순간에도, 떠난다는 느낌을 받지 못했다.

함부르크를 떠나 다른 도시의 팻말을 보는 순간이 되어서야 여행이 시작되었다는 느낌이 천천히 다가왔다. 가는 길 중간에 잠깐 쉬고 있으면 사람들이 모여드는 것도 여행을 실감나게 만들었다. 내가 외국인인데다가 에릭과 키 차이가 많이 나서 이목을 끌기도 했지만, 자전거에 있는 트레일러 때문에 더 많은 이들이 관심을 가졌다.

"그 많은 짐들을 가지고 어디로 여행가세요?"

"독일 함부르크에서 한국 고향 강릉까지 자전거로 달릴 계획이에요."

농담하느냐는 사람, 경로를 어떻게 잡았느냐고 묻는 사람, 본인이 여행한 여행지를 안내해 주는 사람, 나더러 먼 길을 가려면 더 많이 먹어야겠다고 하는 사람 등 반응이 각양각색이었다. 정말 의외의 반응이었다. 몇 년간 독일에서 살면서, 독일 사람들은 일반적으로 별로 웃지도 않고 모르는 사람과 대화도 꺼리고 무뚝뚝해 화가 난 사람들 같다고 느꼈기 때문이다. 게다가 오늘이 첫날이라고 하니, 다들 대단한 용기라며 우리를 격려했고 꼭 해내기를 바란다며 응원했다. 페달을 밟을 때 더 힘이 났다.

"Wir wuenschen Euch Hals und Bein Bruch!"

여행할 때 받은 인사이다. 인사말을 직역하면 '목과 다리가 부러지길 바랍니다.'가 된다. 처음에는 말을 잘못 들었나 싶어서 "뭐라고요?" 하고 되묻기도 했다. 그러자 에릭은 내가 이해하지 못한 것을 알아차리고 뜻을 설명해 줬다. 문장 자체가 가진 뜻과는 다르게, 목이나 다리가 부러지지 않게 조심히 여행하라는 의미로, 오랫동안 여행하는 사람들에게

건네는 인사말이라는 것.

함부르크를 뒤로 하고 도시에서 벗어나 농촌으로 접어드니 너무나 평화롭고 한가하게 보였다. 시골집의 굴뚝에는 황새들이 서 있는 모습이 자주 보였다. 그들이 나에게 여행 잘 하시오, 하고 인사하는 것만 같았다. 황새는 독일 아이들에게 아주 특별한 의미다. 아이가 엄마에게 '아가는 어디서 오나요?' 하고 물으면, '황새가 선물로 굴뚝에 넣어주면 데려오지!' 하고 답한다. 그러니까 우리나라의 문화로 다시 의역하자면, '다리 밑에서 데려 왔지!'와 같은 맥락이다.

자동차로 먼 거리를 여행하거나 주말을 이용해 주변을 자전거로 여행할 때와는 달리, 자전거는 자연을 더욱 친숙하게 느끼도록 이끌었다. 심지어 평소에는 내가 역겹다 느끼던 거름 냄새마저도 향긋한 것 같았다. 우린 첫날임을 감안하고 목적지를 멀리 두지 않았다. 여행을 위해 미리 운동을 해서 몸을 만들어 둔 상태도 아니었기에, 독일에서 체코까지는 여행에 몸을 적응시키는 시기로 두었다. 그리고 한 번에 많은 짐을 달고 타 보기는 처음이라 균형을 잡는 데 힘이 들기도 해서 첫날의 일정은 간단히 마치기로 했다.

첫날부터 운이 따랐다. 우리는 강가가 예쁘게 보이는 여름

별장을 발견했다. 옛날에는 관광객이 많이 와서 배를 타고 강을 건너 동독으로 여행을 가곤 했던 곳이라고 한다. 하지만 최근에는 관광객의 수가 부쩍 줄어들어 숙박업소 주인이나 이 지역과 관계된 사람들의 삶이 넉넉하지 못하다며 주인은 한참 넋두리를 했다. 커다란 집 한 채를 우리만 쓸 수 있어서 좋았지만 마냥 웃을 수만은 없기도 했다. 짐을 푼 뒤 오늘처럼 여행이 재미있고 뿌듯하고 순조롭게 아무 문제없이 진행되기를 기도했다. 독일 사람들의 인사에 담긴 뜻처럼 목과 다리 부러지지 않고 무사히 여행하길 말이다.

## 여행의 방해물, 선입견

구 동독 지역으로 들어오면서 왠지 모르게 긴장이 됐다. 괜히 사람들의 모습도 무섭게 느껴지고 거리의 분위기도 더 침울한 것 같았다. 건물들은 아주 낡았고, 폐허 같은 집들이 눈에 많이 띄었다. 여름 더위 때문인지 길에는 걸어 다니는 사람도 거의 없었다. 간혹 보이는 할머니, 할아버지들이 전부였다. 통일 이후에 젊은 사람 대부분이 직장을 찾아 서독으로 떠났다는 보도가 피부로 느껴질 정도였다. 텅 비어 있었다.

서독에서처럼 우리에게 손을 흔들거나 우리를 세워 어디로 여행 가냐고 묻는 이가 전혀 없었다. 그저 우리를 별나라에서 온 사람처럼 쳐다볼 뿐이었다. 간혹 가다가 사람들과 눈이 마주쳐 웃으면 마지못해 겸연쩍게 웃기만 했다. 조금 싸늘한 것도 같은 그들의 눈빛이 조금 두렵기도 했다. 언젠가 동독 지역으로 간 베트남 사람들이 스킨헤드들로부터 피해를 입었다는 소식을 들은 적이 있기 때문이었다. 베트남 사람처럼 생겼다는 이야기를 종종 들었던 터라 다니는 내내 별별 생각이 다 들었다.

에릭은 공사 때문에 1년 동안 이 지역에서 생활한 적이 있어 대충이나마 사람들을 파악할 수 있었다. 에릭은 사람들의 인상이 전반적으로 밝지는 않지만 TV나 라디오, 신문 등에서 꽤 과하게 보도한 부분도 있다면서 걱정하지 말라며 나를 안심시켰다.

그의 말을 듣고, 의식하지 않으려고 애를 썼지만, 우리 옆을 지나가며 경적을 울리고 창문을 열어 뭐라고 하는 젊은이들의 억양은 거세게만 들렸다. 위축된 것이다. 그 뒤로도 오토바이 무리들이 지나갈 때면 겁이 바짝 나서는, 그 무리가 다 지나가는 것을 본 뒤에야 페달을 밟았다. 이렇게 심리적으로 위축되어 달리는 것도 힘든데, 도로 사정까지 좋지 않아 한층 더 신경을 써야 했다. 많은 지역이 공사 중이라 길은 울퉁불퉁했고, 돌멩이나 모래가 군데군데 많아서 균형을 잡기가 힘들었다.

일정한 거리를 두고 에릭이 앞에서 달리고 나는 그의 뒤를 따라가고 있었다. 그가 흔들림이 없이 달리기에 아무 생각 없이 뒤를 따라 가는데, 갑자기 자전거가 미끄러지면서 순식간에 꽝 하고 넘어졌다. 겨우 일어나 자전거를 일으키려고 했는데 짐이 너무 무거워서 꼼짝도 하지 않았다. 도움을 요청할 만한 지나가는 사람도 없었다. 에릭을 부르려고 보니 이미 시야에서 사라지고 없다. 손이며 팔, 다리에 상처가 나 따끔거렸다. 혼자 낑낑대며 짐을 분해한 뒤 자전거를 추스르고 있을 때 지나가던 사람이 와서 도와 주었다. 그는 이렇게 무겁게 하고 어디로 가느냐고 물으면서 공사 지역이 많으니 특별한 주의가 필요하다고 알려 주었다. 처음으로 동독 사람과 대화를 했는데, 그 역시 내가 만났던 서독 사람들처럼 친절했다.

사고 지역을 벗어나자마자 또 우당탕 넘어지고 말았다. 아스팔트에 모래가 아주 조금 있어서 자전거를 끌고 걸어갈까

하다가 브레이크를 잡고 천천히 지나면 될 것 같다는 생각에 시도를 해 봤는데, 그게 잘못된 판단이었다. 넘어질 때의 충격도 충격이었지만, 두 번이나 넘어졌다는 데에 괜히 마음이 상했다. 눈물이 핑 돌았다. 그래도 흙먼지를 탁탁 털고 일어나 자전거를 세우려는데 이번엔 어떤 여학생이 자전거를 일으키는 것을 도와 주었다. 천사 같았다. 고맙다고 말을 건넸더니 아주 환한 표정으로 조심히 건강하게 여행하라고 말해 주었다. 두 번 넘어지고 두 번 모두 친절한 사람을 만났다. 사람의 따뜻한 마음이 얼마나 고마운 것인지도 새삼 느꼈다. 막연하게 무섭고 두렵기만 했던 동독 사람에 대한 선입견에서 조금 벗어날 수 있었다.

같은 날, 우리는 스킨헤드들이 많이 살고 있어 인종과 관련된 사고가 잦다는 마그데부르크도 지났다. 우리에게는 아무 피해도 없었다. 마음에 단단히 자리 잡고 있던 선입견 때문에 생긴 두려움이 조금씩 사그라들고 있었다. 덕분에 여행하기가 한결 쉬워졌다. 선입견이 없었다면, 그래서 그때처럼 긴장이 심하지 않았더라면 동독 지역의 아름다움을 더 크게 만끽했을 텐데.

## 집에 가고 싶어!

저녁을 먹으면서 에릭에게 넘어져서 생긴 상처와 캠핑을 해야 한다는 것에 대해 불평했다. 그러자 그는 다독이기는커녕 그런 것도 감수할 생각을 하지 않았느냐며 핀잔을 놓았다.

여행을 떠나기 전에 심사숙고해 보지 않았던 내 자신에게도 화가 나기 시작했다. 여행 전에는 떠남에 대한 환상만 품었던 것이 사실이었다. 그 어떠한 상황이 와도 잘 견디어 낼 것만 같았는데 다치고 나니 막상 다른 여러 나라를 간다는 게 두려워졌다. 지금보다 더 나쁜 상황이 벌어지지 않을까 하는 불안감도 생겼다. 독일에서는 말이라도 통하지만, 앞으로 긴 시간동안 다른 나라에서 겪을 언어 문제도 걱정이었다. 걱정은 또 다른 걱정을 낳았다.

이후, 3일을 달려 호텔의 안락한 방에서 사우나도 하고 편안하게 밥을 먹으니 문득 내가 추구하는 여행은 이런 향락이 아닐까 하고 자문하게 됐다. 여행을 무사히 마칠 자신이 없어졌다. 포기를 하려면 빨리 하는 것이 낫지 않을까 하는 갈등에 빠졌고, 그에게 조금이라도 위로 받고 싶었는데 이번에도 그는 위로는커녕 대꾸도 해 주지 않았다. 그래서 그만 홧

김에 소리를 지르고 말았다.

"나 그냥 다시 함부르크로 돌아갈래!"

"장난해? 난 당신하고 말하고 싶지 않으니까 심사숙고해서 생각한 후에 말해 줘."

에릭은 나를 보며 철없는 애도 아니고 어떻게 3일 만에 포기하는 소리를 할 수 있느냐고 했다. 내 행동이 너무 기가 차고 어이가 없다는 것이다. 그는 화가 나서 더 길게 말을 하지 않았다.

여행 전 에릭과 계획을 세울 때 약속한 것이 있었다. 여행이 버겁고 힘들어서 되돌아가고 싶을 때는 일주일 정도 유예기간을 두는 것이었다. 에릭은 그 약속 이야기를 꺼내며, 일주일이 지난 후에 다시 이야기해 보자고 제안했다. 나는 그의 제안을 받아들였다. 생각해 보니, 금세 포기하자고 약한 소리를 하는 스스로가 너무나 실망스러웠다. 여행을 떠나기 전에 신중하게 생각을 하고, 어려움이 닥쳤을 때 대처할 수 있는 마음가짐도 가졌어야 했다. 여러모로 충분한 생각을 했어야 했는데 그러지 못한 게 너무 속상했다.

## 일의 기쁨

그 후 우리는 드레스덴으로 향했다. 드레스덴으로 가는 길 곳곳에 예쁜 도시가 많이 있었다. 겉모습이 조금은 황폐해 보였지만 중세에 만들어진 성 사이에 아름다운 엘베 강이 흐르고 있는 모습은 정말 그림 같았다. 그 중 가장 인상 깊은 곳은 하벨베르크라는 곳이다. 그 도시를 들어서는 순간 나는 영화 속 세계에 온 것만 같은 착각이 들었다.

도시에는 성이 있어서 더욱 아름다웠다. 어디선가 들려오는 음악 소리, 마차 소리, 그리고 맛있는 음식 냄새가 우리를 유혹했다. 우리 부부는 음악 소리에 이끌려 어딘가로 막연히 걸었고, 그 끝에는 음악 연주에 맞추어 춤을 추는 사람과 마차를 타는 어른들, 조랑말을 타고 웃음을 짓는 아이들, 놀이기구, 바로바로 빵을 구워서 판매하는 빵집, 점심 식사를 파는 곳, 음료수를 판매하는 곳, 야채 장사를 하는 사람들, 특이한 관광 상품을 파는 사람들 등 너무나 볼 것이 많았다. 한창 축제가 무르익는 분위기였다.

그 중에서도 가장 시선을 끌었던 것은 지글지글 익어가는 통돼지였다. 돼지 바비큐는 처음 보는지라너무 신기해서 그리로 달려갔다. 많은 사람들도 진귀한 음식을 먹으려고 줄을 서 있었다. 연신 사진을 찍어대며 신기하게 쳐다보니, 바비큐 파는 사람이 먼저 말을 건넸고, 그렇게 한참 이야기를 나누게 되었다.

"자전거로 독일에서 고향 강릉까지 간다고? 휴! 어떻게 그 체격으로 하려고 해요. 한국에도 돼지를 많이 먹나요?"

그와 이야기를 나누다 어느 새 화제는 돼지 바비큐로 향했고, 덕분에 준비 과정을 듣게 되었다. 돼지는 농가에서 구입해 도살한 후 축제 전에 양념에 절인다. 숙성 기간이 길면 길수록 맛있지만 기후관계 등의 여러 조건을 따져 거의 2~3일 전에 절여 놓는다고 한다. 보통 기본양념에 마늘과 독일 특유의 양념으로 절여서 축제 날 여섯 시부터 불을 지펴 바비큐를 시작한다. 열두 시부터 판매하는데 이렇게 여섯 시간 정도 서서 고기를 팔고 나면 며칠은 돼지고기 보기가 싫다며 농담을 했다.

많이 팔리느냐고 물으니 준비 과정부터 전부를 따져보자면 큰 이득은 남는 것은 아니라고 했다. 무엇보다도 생계를 해결하기 위한 수단으로 일하는 것이 아니라는 대답이 인상 깊었다. 그래서 그러면 무슨 이유로 이런 일을 하냐고 되물었다. 그들은 스스로를 실업자라고 칭했다. 시에서 관광객 유치를 위해 특별한 행사를 주관할 때 특히 여름이나 초가을, 크리스마스 전에 여러 도시를 다니며 이런 일을 한다는 것이었다. 수익금은 얼마 되지 않지만 시에서 보조비가 나오고, 시민들도 특이하게 생각할 뿐만 아니라 모두들 기뻐하며 맛있게 먹어 준다며, 힘이 드는 일이지만 보람을 느낀다고 했다.

그의 말을 들으니 죽은 돼지의 표정이 다시 보였다. 행복하게 웃는 모습이었다. 돼지도 시민들을 위해 좋은 일을 한다는 것을 알고 단두대에 올랐을까? 시민 축제도 할 겸 시에서 실업자들에게 관광객 촉진을 목적으로 하는 이런 사업은 참 의미 있고 좋은 일인 것 같다.

## 기억을 팝니다

겉모습이 너무나 특이하게 생긴 건물이라 열심히 살펴보니 식당 메뉴가 보였다. 흥미로울 것 같아 저녁 식사를 하러 들어갔는데, 내가 생각했던 식당 분위기가 아니었다. 조그마한 학교의 모습, 아니 학교라고 칭하기도 힘든 학원의 모습이었다.

주인은 우리가 처음 오는 사람인 줄 금방 눈치 채고는 식당에 대해서 설명했다. 주인의 선조가 옛날에 거기서 학생들을 모아 수업을 했고 지금 자손들이 아이디어를 내어 옛 학교의 모습을 그대로 이용해 식당과 커피숍을 운영하고 있다고 했다.

내부는 보통의 식당과는 달리 아주 특이했다. 대부분이 옛날에 쓰던 그 모습 그대로인 것 같았다. 건물이 너무 오래되었기 때문에 곳곳에서 개조한 흔적을 찾아볼 수 있었지만, 분위기가 너무나 포근해 마음에 들었다. 그리고 옛 독일 학교의 모습을 이렇게 간접적으로 볼 수 있어서 흐뭇했다.

교사가 공부를 가르치던 방, 음악 수업이 있던 곳, 학생들의 책상과 의자, 그 당시의 선생님들이 사용하던 서재, 침실, 부엌 등 모든 장소가 식당으로 이용되고 있었다. 어느 곳에 앉아야 되느냐고 물으니 우리가 원하는 아무 곳에나 앉으면 된다는 대답이 돌아왔다. 옛날 침대나 학생들이 사용했던 책상이 있는 식당 안의 모습도 특이했지만 무엇보다도 메뉴가 쓰여 있는 식당 카드가 남달랐다.

학생들이 쓰던 노트와 비슷한 카드에는 음식을 기다리면서 읽어 볼 만한 도시의 역사와 가 볼 만한 곳 등이 자세하게 안내되어 있었다. 처음 이곳을 방문하는 사람들이 도시의 역사와 성격을 한 번에 파악할 수 있는 좋은 자료였다. 옆 식탁에 앉은 연세가 지긋한 노부부는 다시 어린 시절로 돌아와 학교에 앉아 있는 것 같다며, 만족스런 표정으로 내내 주인의 아이디어를 칭찬했다. 아이디어 시대에 사는 우리들에게 이 식당은 옛 것을 보존하며 선조에 대한 경의를 표시하는 기발하고 좋은 방법을 보여 주었다. 이런 특이한 곳도 직접 와서 보니 며칠 전과 다르게 여행이 보람되게 느껴졌다.

## 독일에서의 마지막

9일 간의 독일 여행 중 3일째 되던 날, 포기라는 말을 성급하게 입 밖에 낸 나 자신이 너무나 창피했다. 3일이 지난 후부터는 태어나서 이제껏 보지 못했던 것들을 보면서 새로운 것을 접하는 경험이 바로 이러한 것이구나 하는 생각이 들기 시작했다.

무서워하며 불안해했던 구 동독 지역을 지나면서는 매스컴을 통해 강하게 갖고 있던 선입견을 깼다. 직접 겪어 본 구

동독 지역은 그리 험악하지 않았다. 지역마다 갖고 있는 약간의 특색이 있을 뿐이었다. 전체적인 분위기가 밝지 않은 지역이지만 사람들은 친절하고 소박했다. TV나 언론에서 구동독 지역을 나쁘게만 보도하는 것 같아 너무 아쉬웠고, 많은 외국인들, 아니 독일 사람들이 직접 경험함으로써 이러한 선입견을 깨는 것이 필요해 보였다. 산업성이 아직은 많이 뒤떨어져 있어 낙후된 느낌을 받긴 했지만 오히려 그 모습에서 농가의 여유와 풍요를 느낄 수 있었다.

짧은 여행이었지만 나에게는 용기를 심어 준 계기가 되었고, 부딪치면 할 수 있다는 자세 그리고 살아가면서 조심은 하되 선입견은 갖지 말자는 깨달음을 준 여행이었다.

집을 갖고 정착을 하면서부터
사람들은 더 욕심이 많아지기 시작했다.
머무는 그곳에 쌓아놓고 집착하는 것이
어리석은 일이라는 것을 여행을 하며 배운다.

## 고생의 서막

독일에서 체코까지는 체력 단련을 겸하여 강가를 따라 여유롭게 달릴 수 있을 것이라고 상상했건만 엘베와 몰다우 강은 체코와 독일을 흐르는 다뉴브 강처럼 평지도 아니고 자전거로 강을 따라 탈 수 있는 여건도 아니었다. 강 주변이 자연 보호 지역이라 함부로 들어갈 수 없었고, 들어가 보면 갑자기 길이 없어져 되돌아 와야만 했다. 강 옆에 걷는 길 또는 자전거 길을 만들어 놓았더라면 참 좋았을 텐데, 하는 아쉬움이 많이 들었다. 체코의 길은 우리에게는 고행의 시작을 알리는 첫 관문이었다. 오르막과 내리막이 끊이지 않았고 경사가 너무 급해서 달리는 것도 끌고 가는 것도 힘들고 벅찼다.

게다가 바람 한 점 없는 찜통과 같은 날씨라 얼굴은 땀범벅이 되어 앞도 제대로 볼 수 없었다. 힘들게 오르막을 올라 정상에 도착하면 언제 힘들었나 싶을 정도로 금세 다시 기분이 좋아졌다. 해냈다는 성취감과 아름다운 자연 환경이 위로

가 되곤 했다. 더더욱 힘이 되었던 것은 길거리에서 각양각색의 수박과 과일을 파는 과일장수들이었다. 잠깐이나마 해를 피하고 쉴 수 있는 공간이 길에 없는 터라 지친 우리에게는 천막을 치고 수박을 파는 장사꾼들이 구세주 같았다. 우리는 천막 그늘 아래서 수박을 마음껏 먹으며 한여름의 갈증을 해소했다. 쓰러지기 일보 직전인 우리를 행복하게 한 것은 수박 한 입이었다. 평소에 수박을 거의 입에도 대지 않는 에릭도 그날은 수박을 어마어마하게 먹어댔고, 우리는 단숨에 수박 두 통을 해치웠다. 처음 보는 노란 수박도 시도해 보았다. 하루 종일 앉아서 수박을 먹고 쉬며 지내고 싶은 마음이었지만 곧바로 목적지를 향해 떠났다.

그런데 조금 가니 또 오르막길이었다. 무심한 하느님과 교통부 장관을 탓하며 오르고 올랐다. 우리 같은 자전거 이용객뿐 아니라 자동차 운전자에게도 갑작스러운 급경사는 위험하고 사고가 날 가능성도 높다. 정말 어떻게 길을 만들어도 이렇게 험하게 만들었는지.

급경사로 된 오르막은 도저히 자전거로 달릴 수가 없었다. 우리는 자전거를 끙끙거리면서 끌고 언덕을 올랐다. 그런데 그 순간부터 수박을 먹은 효과가 나타나기 시작했다. 소변은 마려운데 길거리에 화장실은 없고 보이는 것은 오직 초원뿐이었다. 참고 조금만 가 보면 마을이나 어디 들어가서 실례를 할 수 있겠지 하는 마음에 계속 걸었지만, 그런 장소는 보이지 않았고 어떻게 해야 될지 난감하기 짝이 없었다. 지나가는 자동차 운전자들이 볼까 봐 도로에서는 도저히 소변을 볼 수가 없었다. 그렇다고 계속 가자니 힘들었다. 에릭은 뭐가 창피하냐며 이런저런 것 따질 때냐고 말했지만 그게 어디 쉬운 일인가. 남자들은 참 간단하게 실례를 할 수 있는데 여자는 왜 이렇게 힘든지, 마냥 속상했다. 나는 결국 참다못해 도로에서 해결을 하기로 했다. 그이후로 연달아 열다섯 번이 넘게 실례를 해야 했다.

어쨌든, 맛있게 먹은 수박 덕분에 시간이 지체되어 우리가 정한 목적지까지 갈 수가 없을 것 같았다. 이러다 노숙하면 어쩌나 걱정이 될 무렵 다행히도 마을이 나타나 그날의 여정을 풀 수 있었다.

그날 나는 절실하게 깨달았다. 수박이 여름철 갈증을 해소하는 최고의 과일이지만, 자전거 탈 때는 최악의 과일이라는 것을. 그리고 뭐든 많이 먹으면 탈난다는 것도. 자전거 탈 때는 절대 수박을 먹지 말아야지 하는 결심을 했지만 여름철을 대표하는 과일인 수박을 그것도 색색의 수박을 먹어 볼 수 있는 기회를 넘어가기는 쉽지 않을 것 같다.

## 해가 지고 달은 떠오르고

파리가 떼를 지어 이 식탁에서 저 식탁으로, 왼팔에서 오른팔로, 왼뺨에서 오른뺨으로 돌아다닌다. 그래도 에릭은 닭다리를 맛있게 뜯어먹고 있었다. 행복한 얼굴이다. 너무 맛있게 먹어서 꼭 열흘 동안 굶주림에 시달리기라도 한 사람 같아 어처구니가 없기도 했고, 사실 조금 얄밉기도 했다. 내 기분은 아랑곳하지 않는 그의 모습에 난 앞에 놓여 있는 맥주를 벌컥벌컥 들이켰다. 취해서 모든 것을 잊은 채 잠이라도 자고 싶었다.

내가 화가 난 이유는 에릭이 고집을 부려서 온 캠핑장 때문이었다. 그런데 막상 와 보니, 샤워장이 없어서 강물에서 몸을 씻어야 하는 낙후된 곳이다. 5백 명가량 되는 사람이 사용할 수 있는 세면대는 겨우 서른 개 정도였다. 나처럼 씻겠다고 줄을 선 사람들을 보자니 숨이 턱 막혔다. 더욱 기가 찬 것은 화장실이었다. 남녀공용인데다 재래식이라 불편하기 짝이 없었다.

내가 말한 대로 전의 마을에서 숙소를 잡았더라면 이런 열악한 상황까지는 오지 않았을 것이라는 생각이 들었다. 그러다 보니 내가 끝까지 우기지 못한 것과 에릭의 고집으로 여기까지 온 상황이 속상하고 억울하기만 했다.

화가 치미는 것을 꾹꾹 참고 하루쯤은 어떻게든 견뎌야지 하며 스스로를 위로하는데, 에릭은 고작해야 "왜 그런 심술궂은 얼굴을 하고 있어? 하루 씻지 않으면 죽을병이라도 걸려? 닭이나 먹자."라는 말이나 하고 있었다.

캠핑장에서 파는 치킨은 모양새도 이상했고 알 수 없는 냄새가 나서 쉽게 손이 가지 않았다. 식욕은 이미 저만치 사라졌다. 게다가 그 닭다리 위에 쉴 새 없이 달려드는 파리 떼와 닭다리를 열심히 뜯어 먹는 에릭의 모습을 함께 보고 있으니 머리가 복잡해졌다.

"당신은 이런 환경에서 적응을 잘 하겠지만 난 못해! 혼자 배터지게 닭다리 실컷 먹으라고!"

결국, 참고 있던 것이 폭발했다. 말을 하는데 나도 모르게 눈물이 왈칵 쏟아졌다. 주위 사람들이 도대체 무슨 일일까 궁금해하며 우리를 힐끗거리는 것 같았다. 그러나 그 순간에는 아무도 신경 쓰이지 않았다. 마구 감정을 쏟으니 에릭은 그제야 나를 다독거리며 본인도 이런 상황이 올 줄 몰랐고 강가에 있는 예쁜 방갈로에서 로맨틱한 분위기를 내고 싶어 이리로 온 것이라고 뒤늦게 설명을 덧붙였다. 에릭은 온갖 애교를 떨며 용서해 달라고 우스꽝스러운 표정과 자세를 취했지만, 웃음도 안 나오고 우울하기만 했다. 몸이 끈적거려서 어떻게든 씻고 싶은데 수백 명이 들어간 강에서 씻기가 껄끄러워 넋 나간 사람마냥 그러고 앉아 있을 수밖에 없었다.

"씻고 나면 기분이 좀 풀릴 테니 강에 들어가서 땀 닦아. 그러면 좀 개운할 거야."

"저 더러운 강물에 들어가서 씻으라고? 당신이나 씻어. 난 강물에서 씻는 것이 더 더러운 것 같고 그냥 자는 것이 좋겠어. 그냥 날 내버려 둬."

에릭도 한계를 느꼈는지 "그래, 앉아서 다른 사람들의 모습을 살펴봐. 모두 웃으며 행복하게 있는데 너만 심술궂은 얼굴을 하고 있다는 걸 알게 될 거야."라고 말하고는 자기는 주위를 살펴보겠다며 날 혼자 두고 가버렸다. 어쩌면 더 이야기해 봤자 싸움만 생길 거라고 생각해서 피했던 건지도 모르겠다.

에릭이 가고 나서 그의 말대로 앉아서 사람들을 살펴보니 다들 너무나 즐겁고 행복해 보였다. 뾰루퉁한 사람은 나뿐인 듯했다. 강에서 수영하는 사람, 잔디밭에서 공놀이하는 사람, 일광욕을 즐기는 사람, 그 와중에 바비큐를 하는 사람 등. 다들 행복하게 휴가를 즐기고 있었다. 정말로 나 혼자만 모난 얼굴을 하고 있었다.

내가 정상이 아닐까, 아니면 저 사람들이 정상이 아닐까? 저렇게 탁한 강물에 몸을 씻는데 어떻게 찜찜하지 않을 수 있을까? 몇 날 며칠간 제대로 씻지도 못 하고 어떻게 여기서 휴가를 보낸다는 것인지 도저히 납득할 수 없었다. 성장배경이 다르고, 나라마다 문화가 달라서 생긴 휴가에 대한 관념의 차이인가? 아니면 에릭이 말한 대로 내 성격이 너무 까다로운 걸까? 왜 난 상황에 적응을 하지 못하고 잘못을 탓하며 우리 여행을 어렵고 힘들게 만드는 것일까? 여러 생각에 잠긴 사이, 해는 지고 달이 떠오르기 시작했다.

## 여행하며 맞춰가기

여행 중에 결혼기념일이 끼어 있었다. 그래서 그 날은 자전거를 타지 않고 몰다우를 보며 12일간의 체코 여행을 마감하기로 했다. 길지 않은 여행이지만, 우리가 선택한 루트가 험해서 내게는 자전거 타기가 무척 어려웠다. 게다가 낙후한 캠핑장과 성수기의 조합, 거기에 엄청난 수의 사람들이 우리를 힘들게 했다.

체코에서는 늘 머피의 법칙이 따라다녔다. 특별한 날에 뭔가 다른 것을 하려고 하면 오히려 빗나갔다. 첫날부터 그랬다. 체코에서는 아름다운 강을 바라보면서 분위기 있게 와인을 마시고 에릭과 즐거운 시간을 보내야겠다고 생각했는데, 체코를 벗어나는 날까지도 이상한 캠핑장에 머물러야 했다. 결혼기념일이라는 특별한 날도 마찬가지였다. 캠핑을 하지 않고 하루쯤은 숙소를 잡아서 자려고 해도 방이 없고, 그나마 방이 있는 경우에는 하늘에 닿을 듯 높은 가격 때문에 엄두를 낼 수가 없었다.

캠핑장 주위에 마땅히 볼거리가 있는 게 아니어서 우리는 텐트 앞에 자리를 깔고 누워 오스트리아 여행 계획을 세웠다. 오랜만에 여유롭고 평화롭게 시간을 보내고 있었다. 그러나 시간이 조금 지나고 정오가 되면서 햇볕이 강하게 내리쬐는 바람에 마냥 앉아 있기가 힘들어졌다. 오히려 자전거라도 타면 바람이라도 느낄 수 있는데 가만히 앉아만 있으려니 따분해진 것이다.

에릭도 나처럼 지루함을 느꼈는지 수영복으로 갈아입더니 강물에 들어갔다. 덩달아 나도 수영복으로 갈아입고 발이라도 적시려는데 강물이 영 깨끗해 보이지 않았다. 물 안에 이끼 같은 것이 둥둥 떠 있었고, 탁해 보였다. 한 발자국도 움직이고 싶지 않았다. 저번에 파리 떼가 왔다 갔다 하던 캠핑장보다는 사람이 적어 물이 더럽지 않다고 에릭은 자꾸 손짓을 했다. 조금 들어오면 아주 맑고 깨끗하고 시원하다며, 물 안으로 들어오기를 몇 번 권했다. 물가에 조금 떨어져 서 있던 내가 주춤주춤하고 있자, 그는 나를 덜렁 안고 강 안으로 걸어갔다. 내려달라고 발버둥을 쳐 보고 소리를 질러 봐도 막무가내였다. 그리고는 나를 물에다 풍덩 던져 넣었다. 풍덩하고 들어간 순간, 인상을 썼지만 사실은 시원했다. 물도 아주 맑았다. 물속은 밖에서 보던 것과는 전혀 달랐다.

“어, 여긴 물이 참 맑네. 시원하고.”

“거 봐! 가장자리만 이끼가 낀 거라니까. 어때, 좋지?”

내가 겸연쩍게 웃었다. 에릭은 나의 겁 많은 성격 탓이라며 오늘부터 조금씩 고쳐 가라고 충고했다. 정말로 나는 겁이 많고 내가 경험하지 않은 것에 대해서는 의심도 많다. 여행을 하면 의외의 상황이 늘 벌어지는데 서서히, 이렇게 조금씩 고쳐야겠다.

## 함께하기에 생기는 용기

오스트리아는 자전거 도로가 정말로 아름다운 곳이다. 정비도 잘 되어 있다. 알프스 구간이라 오르막길과 급경사가 많지 않은 덕분에 쉬면서 아름다운 자연을 보며 달릴 수 있는 코스다. 체코에서는 단 한 번도 자전거 여행객을 만나지 못했던 데 반해, 오스트리아에서는 많은 사람들이 일상에서 자전거를 이용한다. 그래서인지, 자전거 이용자를 위한 표시가 잘 되어 있어 지도를 보며 어느 방향으로 가야 좋을지 고민할 일이 없었다.

그런데 조금 더 달리다보니 자전거 길은 사라지고 차도만 나오는 것이 아닌가. 게다가 그 앞에는 터널까지 있었다. 우리가 길을 잘못 들었나 싶어 당황했지만, 건너편 도로를 보니 자전거 여행객들이 보였다. 맞게 잘 가고 있는 듯한데 갑자기 자전거 도로가 끊기니 조금 난감했다. 에릭은 이리저리 도로를 살피더니 다시 되돌아갈 수는 없고 우리도 터널을 지나야 할 것 같다고 했다. 터널 안에 비상도로 같은 것이 있으니까 그 길로 조심히 뒤따라오면 된다며 겁내지 말라고 나를 다독였다.

그렇게 들어선 터널 안은 컴컴했다. 아무것도 보이지 않을 것 같았고 정신을 차리지 않으면 저승길로 들어설지도 모른다는 섬뜩한 생각마저 들었다. 페달을 돌리면서도 아무 감각이 없었다. 긴장해서 어떻게 터널을 통과했는지 기억조차 나지 않았다. 귀신에 홀린 기분이 이런 것과 다르지 않을 것 같았다. 터널을 거의 다 빠져 나올 때쯤 보이는 빛은 오랫동안 동굴에 갇혀 있다가 나올 때 느낄 법한 기분과 다르지 않았다.

터널을 나오고 나니 다리가 후들후들 떨리고 식은땀이 흘렀다. 정신을 차리고 다시 생각해 보니, 내가 그 어두운 터널을 통과했다는 것이 신기했다. 성취감에 취해 기념사진을 찍고 또 찍었다. 하지만 어두운 터널을 자전거로 통과하는 것은 위험할 뿐만 아니라 무모한 짓이니 절대로 다시는 하고 싶지는 않다. 나중에 알고 보니, 그 구간은 터널을 통과하려면 용기를 끌어 모아서 자전거로 지나든가, 기차를 이용하는 수밖에는 없다고 한다. 다시는 지나지 않았으면 한다. 그때의 공포감이란!

# 길 위의 행복

잘츠부르크 시내는 온통 문화 행사로 분주했다. 모차르트가 수많은 명곡을 남길 때 머문 도시이기에 그를 기념하기 위한 초콜릿과 커피, 의상 등을 파는 곳이 곳곳에 있어서 고전의 향기에 흠뻑 취하기 딱 좋았다. 도시 중심에 위치한 화려한 성당은 웅장했고, 관광객들은 명소 곳곳을 빼놓지 않고 모두 방문하려는 듯 분주하면서도 들떠 보였다. 가는 곳마다 사람이 많았지만 답답하게 느껴지기보다는 이 도시에 너무나도 알맞은 광경이라고 생각했다. 나오는 것은 그저 감탄사뿐이었다. 간간히 저녁에 있을 음악회니 기타 등등 표를 사느라고 동분서주하는 사람들의 모습도 눈에 들어왔다.

우리는 거리 풍경에 취해 걷다가 커다란 아치형 다리 밑에서 기타를 치며 노래하는 무명가수 앞에 섰다. 처음 듣는 곡이었지만 무엇인가 애절하고 사람의 마음을 움직이는 듯했다. 그 음악에 몰입하고 있으니, 그곳이 우리만의 조용한 공간처럼 느껴졌다. 음악에 흠뻑 빠져서 몸을 흔들며 노래하던 그는 다섯 곡을 부른 뒤에야 관중들에게 인사를 하고는 방금 부른 노래들이 모두 자작곡이라고 말했다. 큰 음악협회에 들어갈 실력이 안 되지만 음악은 좋고, 경제적으로 넉넉하지도 못해서 비가 오나 눈이 오나 음악을 연주하고 싶으면 이 다리 밑으로 와 관중들에게 음악을 들려주며 생활한다는 것이었다. 그 무명가수는 다리 밑에서 음악을 하는 동안 각양각색의 사람들을 만나 인생을, 사랑을 알게 되었다고 했다. 덧붙여 우리같은 괴짜도 알게 되었다며 기뻐했다. 내가 보기에는 그 무명가수야말로 괴짜 같았건만.

그를 보며 이런 생각을 했다. 평소처럼 2~3일 동안의 빠듯한 여행을 했더라면, 다른 사람들처럼 유명한 장소를 찾아다니느라 구석구석을 누볐더라면, 아주 유명한 공연장을 찾아가 음악을 듣고 나왔다는 뿌듯함만 안고 이 도시를 떠났더라면, 나는 이 감동을 받을 수 있었을까? 새삼 내가 이렇게 여유가 많고 아름다운 음악을 들을 수 있다는 사실에 고마움이 생겼다. 나와 에릭은 아무 말 없이 손을 꼭 잡았다. 그 무명가수가 다시 노래를 시작했다. 음악을 듣는 동안 에릭과 나는 서로의 마음을 읽을 수 있었다. 음악의 아름다운 선율이 서로의 마음을 전해 주는 것만 같았다. 사랑하는 마음을 다시 한 번 확인할 수 있었다.

여행 중에 화려하게 차려 입고 이름난 자동차를 타고 말끔하게 정리된 오페라홀로 가서 유명한 음악가의 노래를 공주 대접을 받으며 듣는 것도 행복의 한 모습이겠다. 아마 여행 중 내 모습은 신데렐라와 별다를 것이 없겠지. 하지만 왕자님을 만나 함께 여행하고, 이렇게 길 위에서 음악에 감동 받고 옆 사람과 마음을 나누고, 또 흥에 겨워 덩실덩실 춤도 추었으니 이것 또한 행복의 모습 아닐까? 언제가 될지는 모르겠지만 잘츠부르크에 다시 오게 된다면 꼭 이 무명가수를 다시 한 번 보러 와야겠다고 생각했다.

## '절대'란 절대 없어

오스트리아는 체코와는 달리 식료품, 캠핑장, 관광지 물가 등 모든 것이 비쌌다. 독일에 살게 된 후부터 벤치에서 빵이나 과일을 먹는 것이 익숙해지긴 했지만 그래도 길에서 먹는 것은 나로서는 그리 내키지 않는 일이다. 일반적으로 자전거 여행이라고 하면 많은 사람들이 경제적인 점을 고려해 문화생활과 거리가 멀 것이라고 생각하는데, 나는 그렇지 않다. 상황이 여의치 않아서 노숙을 한다면 어쩔 수 없지만, 제대로 먹고 자는 것이 여행의 기본이라 생각한다고 여행 전부터 에릭에게도 이야기해 두었다. 그러므로 잠자리는 항상 안전한 곳을 선택하기로 했다. 문화생활 역시 중요하므로 그 나라의 특이한 음식과 문화는 꼭 접해 보기로 했었다.

체코와 오스트리아는 독일 인접 국가이고 여행 전에도 방문해 본 적이 있어서 음식에 대한 욕심이나 호기심은 별로 없었다. 점심은 대부분 슈퍼에서 소시지나 적당한 다른 먹을거리를 사서 빵하고 함께 먹곤 했다. 빵을 사 들고 나온 에릭은 갑자기 빠트린 것이 있다면서 내게 빵을 주고 다시 슈퍼로 다시 들어갔다. 에릭을 기다리다 너무 허기가 졌다. 주의를 살피니 벤치도 없었다. 나는 자전거를 세워 두고 슈퍼 근처 아무 곳에 앉아 빵을 뜯어 먹었다.

슈퍼에서 나온 에릭은 그런 나를 보더니 웃음을 참지 못했다.

"길에 주저앉아서 점심을 먹다니, 당신 정말로 변해가는구나!"

그는 세상에 '절대' 라는 것은 없는가 보다며 나의 용기와 장족의 발전에 기뻐했다.

그와 1995년에 독일에서 결혼하고 한국에 전통 혼례를 하러 갔을 때의 일이 생각났다. 부모님이 태백에서 교직생활을 해서 우리는 서울 청량리 역에서 기차를 타고 내려가야만 했는데, 마침 기차 시간은 촉박하고 식당에 앉아 편안하게 먹을 수 없는 상황이었다. 그래서 근처 패스트푸드 점에서 닭튀김을 포장해 기차 안에서 먹을 작정이었다. 15분 정도 있으면 기차가 오니, 기차 안에서 먹으면 되겠다고 생각했는데 에릭은 배가 고파 죽겠다며 대합실에서 닭튀김을 뜯어 먹기 시작했다. 그때 나는 너무 창피해서는 부모님께 전화하고 오겠다고 말하고는 그를 대합실에 혼자 두고 바깥에 잠시 나갔다가 들어왔다. 그리고 기차에 올랐을 때, 에릭에게 솔직하게 이야기했다.

"음식을 길거리나 대합실 같은 곳에서 먹으면 우리나라 사람들은 그 사람을 무식하다고 생각해. 그래서 나 사실 창피했어."

그때 그는 미리 말이라도 해 주었으면 먹지 않았을 텐데, 왜 그런 이야기를 해 주지 않았느냐며 미안해했다.

그랬던 내가 이제 오스트리아의 어느 길거리에 앉아 점심을 먹고 있으니……. 에릭은 그 때 내가 한 말을 기억하고 있었던 듯, 본인이 창피하다며 우스갯소리를 했다. 독일이나 다른 유럽 국가들에서는 사람들이 벤치에 앉아서 빵이나 과일 같은 것을 많이 먹는다. 한국에서는 좀처럼 그런 모습을 보기가 힘들고 습관이 되지 않기도 해서, 독일로 온 뒤에 이곳 생활에 적응하는 데에 제법 시간이 걸렸다. 그런데 이제는 내가 알아서 길바닥에 앉아 무엇인가를 먹고 있다니, 장족의 발전! 여행이 가져다주는 용기일까?

난 작고 성격이 급하고 다혈질이다.
그런데 자전거로 지구 한 바퀴를 돌면서
커졌고 넓어졌고 평화로워졌다. 둥글어졌다.
지구처럼, 자전거 바퀴처럼.
그러나 무엇보다 떠남으로 해서
몸과 마음 모두가
행복해지고 안정되었다.

## 보기만 해도 배부른 얼굴

7월과 8월에 유럽을 여행하는 것은 정말로 피해야 할 일이다. 다닥다닥 붙어 있는 캠핑장, 번데기 같은 사람들, 피자와 스파게티, 위험하게 질주하는 소형 오토바이 등을 피하려고 했지만, 우리 목적지가 베니스라서 어쩔 수 없이 그 벌떼 같은 사람들 틈에 어울려 캠핑을 할 수밖에 없었다. 그런데 가는 캠핑장마다 "예약하셨나요?" 하고 물으니 난감했다. 우리는 그 질문에 매번 "예약 안 했는데요." 하고 대답했고 돌아오는 대답도 항상 같았다.

"죄송해요 자리가 없어요."

이 더위에 제대로 씻지도 못하고 노숙을 하게 되는 불상사가 생길지도 모르겠구나. 더위에 사람들에게 지쳐 벌겋게 상기된 얼굴은 당장이라도 폭발할 것 같았다. 마지막에 들른 캠핑장에도 자리가 없으면 노숙을 해야 할 형편이었다. 다행히 단 한 자리가 남았다고 했다. 다만, 하룻밤 자는 것만 되고 그 다음날은 전부 예약이 되어 자리를 비워 주어야 한다고 했다. 나는 속으로 '더 머물고 가라고 하여도 안 있을 곳이라고요.' 하고 말했다. 어찌되었건 하룻밤 씻고 눈을 붙이고 잘 수 있게 해 준 호의가 고마웠다. 이곳 역시 사람이 잔뜩 모여든 곳이라 더러울 것이라고 생각했는데, 청소하는 사람들도 많고 의외로 아주 깨끗했다. 샤워를 마치고 나니 피곤함도 조금 풀리는 것 같아서 에릭과 나는 바닷가로 산책을 나가려는데 옆 텐트의 중년 부부가 우리에게 와인 한 잔하자며 초대를 했다. 오랜만에 보는 독일 사람이라 반가웠다. 그 부부도 자전거 타기를 좋아한다며 우리에게 여행이야기를 좀 들려 달라고 했다. 에릭은 우리가 독일에서 출발한 지 한 달 정도 되었고 목적지는 한국이라고 짧게 설명했다. 그 부부는 대단한 결심이라며 성공적으로 여행이 잘 끝나기를 바란다면서 얼마 되지 않은 여행 얘기를 아주 진지하게 들어주셨다. 이야기 도중에 에릭은 모기가 문다며 그 더위에 긴팔을 꺼내 입고 양말을 신고 모기약을 바르면서 부산스럽게 굴었다. 나는 남자가 그깟 모기 가지고 웬 호들갑이냐며 장난스레 놀려 주었다. 그런데 갑자기 모기들이 교묘하게 얼굴, 팔, 다리 할 것 없이 나를 공격하기 시작했다. 순식간에 벌어진 상황이었다. 피를 준 것도 아까운데, 모기에 물린 자리는 순식간에 물방울처럼 부풀러 오르고 욱신거리며 아팠다. 안 그래도 작은 내 눈은 모기가 깨물어 더 작아졌고 얼굴

여기저기가 울룩불룩 튀어나오게 되었다.

아침에 에릭은 밤새도록 가려운 데를 긁다 잠을 설친 내 얼굴을 보더니, 모기 예방은 않고 자기의 모습만 비웃더니 벌을 받은 것이라면서 위로는커녕, 놀려대기만 했다. 그러면서 모기 자국과, 이래저래 부은 얼굴이 곰보빵 같다며 아침 식사로 내 얼굴만 보고 있어도 배가 부를 것 같다나? 약이 오르기보다는 이런 상황에서도 유쾌할 수 있는 에릭 때문에 나도 모르게 웃음이 났다. 그리고 교훈을 하나 얻었다. 하찮은 미물이라도 우습게 보면 안 된다는 것. 항상 예방할 것. 특히 여행 중에는.

## 의도한 건 아니지만

자전거든 오토바이든 트럭이든 무엇을 타든 도로 위를 달릴 때면 모두들 본인이 도로 위의 왕이 된 듯한 느낌을 갖는 것은 당연하지만, 베니스로 향하는 차량들은 그 정도가 아주 심각했다. 특히 트럭이 제일 심했다. 난폭 운전은 기본이었고, 자전거를 탄 내 옆으로 지나가면서 위압감을 주기도 했다. 여행자들에게 뿜는 매연 때문에 짜증이 난 적도 여러 번이었다.

그날도 예외는 아니었다. 햇볕이 너무 센 나머지 선글라스를 끼어도 제대로 길이 보일까 말까 했다. 옆으로 빠르게 지나가는 트럭들 때문에 잔뜩 긴장하면서 달리는데 거대한 트럭이 내 옆을 지나가면서 하얗고 큼지막한 먼지 덩어리를 선사해 줬다. 먼지로만 끝나면 욕이나 한 바탕 해 주면 그만인데, 갑자기 무엇인가가 눈 속으로 탁 들어가는 느낌이 들었다. 순간 눈을 뜰 수도 감을 수도 없을 정도로 따가워서 급히 브레이크를 잡았다. 그런데, 갑자기 뒤에서 와당탕 쿵쾅하는 소리가 들렸다. 눈에 들어간 이물질 때문에 한참 신경이 쓰여서 뒤를 쳐다볼 겨를이 없었는데 비명소리가 들렸다.

"빨리 도와 줘!"

에릭이었다. 그가 자전거에 깔려 일어나지를 못하고 있었다. 얼른 달려가 끙끙대며 자전거를 치우고 무슨 일이냐 물으니, 예고도 없이 브레이크를 갑자기 잡으면 어찌하느냐고 툴툴거렸다. 그의 팔과 다리에 피가 뚝뚝 흐르고 있었다. 미안해하며 그의 상처를 보고 있는 동안에 에릭이 말을 이었다. 내가 갑자기 브레이크를 잡는 바람에 본인도 놀라서 브레이크를 급하게 잡았는데 자전거에 연결해 놓은 트레일러가 균형을 잃고 넘어지는 바람에 같이 와르르 넘어졌다는 것이다.

에릭 뒤에 자동차가 오지 않았던 것이 천만다행이었다. 직전까지만 해도 덩치 큰 트럭들이 쌩쌩 달리고 있었는데, 에릭이 넘어졌을 때는 운 좋게도 차들이 없었다. 운이 따랐나? 눈에 들어간 먼지 때문에 남편을 완전히 쥐포로 만들어 버릴 뻔 했으니, 그저 하늘에 감사할 따름이다.

트럭이 쌩 하고 달리면서 매연을 내뿜었는데, 그 중 먼지 하나가 눈에 들어갔다고, 너무 따갑고 놀라서 급하게 브레이크를 잡게 되었다고 자초지종을 설명하고 있는데, 어느새 아까까지 눈에 있던 이물감이 사라졌다. 에릭이 눈을 게슴츠레하게 떴다.

"진짜라니까?" 하고 당황한 목소리로 그에게 내 입장을 이야기했다. 에릭은 고개를 끄덕이면서 상처를 수습했다. 어쨌거나 트럭 운전자들의 난폭함에 질려버렸다. 다들 모아다가 베니스에 첨벙 빠뜨리고 싶었다. 하지만 자전거 여행자 같은 약자는 별 힘이 없다. 괜히 내 성질만 난폭해져가고 있는 것 같았다.

참자, 참는 자에게 복이 있느니라 하고 마음을 다스리는 수밖에 없었다. 나의 부주의도 문제였으니까. 그때 쥐포처럼 누워 있던 에릭의 모습을 생각하면 아직도 끔찍하고 미안해서 쥐구멍에라도 숨고 싶어진다. 하지만 정말로 그날의 주범은 그 거대하고 난폭한 트럭 운전자인데…….

## 노부부의 정

거의 뜨내기처럼 생활하는 우리들은 어느 캠핑장에 도착하든 화젯거리가 됐다. 둘이 서로 인종도 다른데다가 에릭은 너무 크고 난 너무 작았다. 게다가 트레일러를 매단 자전거 모습은 괴상하기까지 하니 사람들의 이목을 끌기가 쉬웠다. 자전거에 관심이 많은 사람들은 우리가 짐을 풀기도 전에 몰려들어 트레일러의 연결 부분을 살펴보면서 말을 걸었다. 카푸치노를 마시며 혹은 와인을 한 잔하며 이야기를 좀 나눌 수 없겠냐는 것이었다. 처음에는 사람들하고 가까워질 수 있다는 점에 마음이 동했지만, 매번 똑같은 이야기를 하려니 조금 지겹기도 했고 그저 씻고 휴식을 취하고만 싶었다.

자전거로 오래 달리지는 않았지만 캠핑장에 도착했을 때는 어김없이 더위에 지쳐 있었다. 꽉꽉 들어찬 캠핑장 어느 지점에 빈자리를 발견했다. 우리를 본 주위 사람들은 처음부터 우리에게 호기심어린 시선을 보냈지만 나는 그냥 모른 척

하고 자리를 깔고 누워 잠깐 눈을 부쳤고, 에릭은 열심히 텐트를 쳤다. 그런데 내가 막 잠에 들려던 순간, 누군가 나의 어깨를 슬며시 만지는 것이 아닌가? 눈을 뜨고 보니 아주 귀엽게 생긴 이탈리아 소녀였다. 내가 무슨 일이냐는 눈빛으로 소녀를 보았고, 소녀는 내 손을 잡고는 어딘가로 같이 가자는 신호를 보냈다. 우리는 대화가 통하지는 않았다. 에릭이 이해한 것은 할머니가 데리고 오라고 했다는 정도였다. 카푸치노와 케이크가 준비되어 있다고. 소녀를 따라 가 보니 아주 아름답고 고상한 할머니가 우리를 기다리고 있었다. 처음 보는 사람이었지만, 우리의 이야기를 듣는 중간 중간에 나의 긴 머리를 쓰다듬으며 마냥 좋아 보이는 미소만 지었다.

이 할머니는 주말에 가끔 집에 가는 것을 제외하곤 여름에는 3개월가량을 캠핑장에서 보낸다고 했다. 아이들이 방학 중일 때는 할머니를 찾아와 수영도 하고 놀기도 하는데, 그때마다 아이들을 보살펴 준다는 것이다. 언어 장벽 때문에 대화가 길어질 수 없어 웃음으로만 답하는 상황이 조금 답답했다. 이곳에 있는 동안은 매일 아침마다 할머니의 텐트에서 아침식사를 함께 하자고 제안을 했다. 우리들이 자신의 옆 텐트에 있어서 너무 좋다는 것이었다. 무척 따뜻하고 편안했다.

캠핑장의 따뜻한 분위기를 느끼게 한 것은 할머니의 호의뿐만이 아니었다. 우리 오른편에서 캠핑을 하던 할아버지도 우리를 기다렸다는 듯이 식탁과 의자를 가져다주면서 떠날 때까지 사용하면 된다고 해 주었다. 에릭은 이탈리아 말을 할 줄 알아서 그들과 이야기하는 것을 재미있어 하는데 나는 도저히 무슨 소리인지 알 수가 없으니 꼭 바보가 된 기분이었다. 다음에 여행을 하게 되면 꼭 현지 언어를 사전에 배워야겠다고 다짐했다. 에릭은 저녁에 할아버지가 스파게티를 만들 예정인데 그 식사에 우리를 초대했다고 전했다. 할아버지가 해 준 이탈리아 전통 스파게티는 해산물을 많이 넣고 비비는 방법도 아주 특이하고 맛도 특별했다.

우리는 참 복도 많았다. 왼쪽에서는 할머니가 매일 아침마다 따뜻한 커피를 대접해 주고 저녁에는 할아버지가 맛있는 요리를 해 주니 말이다. 그런데 웃긴 것은 두 분이 약속이라도 한 듯 할머니는 오전에 할아버지는 오후에 우리와 잠깐이라도 시간을 보내며 서로 눈치를 본다는 점이었다. 중간에 있는 우리를 두고 경쟁이라도 하듯 말이다. 한마디로 4일간의 행복한 찐빵 상태였다.

이탈리아는 캠핑의 천국인 모양이었다. 캠핑 시설도 차이는 있지만 대부분 여행객들이 짧게는 일주일, 길게는 1년 내내 자리를 임대해서 머무르는데, 이런 것은 다른 나라에서는 찾아보기 힘든 특징이다. 장기 체류자는 대부분이 연금 생활자였다. 이들은 야외에 나와 공기도 마시고 비슷한 사람들과 친구하며 시간을 보낸다고 했다.

## 엇갈림 속에서 확인한 사랑

여행 시작부터 에릭이 내 앞에서 달렸던 것은 아니다. 초반에는 내가 앞에서 달리고 에릭이 뒤에서 따라왔다. 그런데 내가 너무 느리고 지도도 잘 못 본다 하여 에릭이 앞에서 달리게 됐다. 그의 자전거에 달린 거울에서 내가 보이지 않으면 그때 멈춰서서 날 기다리기로 약속했다. 그리고 길이 알쏭달쏭하면 다른 곳으로 가지 말고 그 장소에서 기다리기로 했다. 매일 아침마다 우리는 목적지를 정했고 국도 몇 번을 따라 가야 되는지 의논했다. 점심을 먹거나 쉬다가도 그동안 달린 길이 힘들거나 별로 볼 것이 없다 싶으면 경로를 다시 바꾸기도 했다.

이날 우리들의 목적지는 시에나였다. 플로렌즈에서 떠날 때부터 시에나로 인도하는 표지는 곳곳에서 아주 선명하게 볼 수 있었고, 길도 그리 까다롭지 않다는 이야기를 들어서 별 걱정을 하지 않았다. 단지, 고속도로와 국도의 색깔만 잘 구분하면 되겠구나 싶었다. 독일의 고속도로는 파란색이고 국도는 녹색인데 이탈리아는 파란색이 국도이고 녹색이 고속도로이기 때문이다. 에릭은 평소처럼 앞에서 달렸고 나는 천천히 이것저것 살피며 그의 뒤를 따라갔다. 다리를 지나기 직전, 파란색 직진 표시가 있었고 40킬로미터가 남았다고 쓰여 있었다. 그런데 다리를 지나고 나니, 오른쪽으로 가라는 표지판이 보였다. 거리도 갑자기 늘어나 목적지까지 60킬로미터라고 적혀 있었다.

내가 잘못 봤나? 분명히 직진하라고 크게 쓰여 있었는데. 직진하면 조그마한 마을에 닿는 것 같았고 오른쪽으로 난 길은 국도처럼 넓었다. 그래도 표지판을 따르는 게 맞겠지 하며 오른쪽 길을 선택하면서도 이 길이 맞을까 하고 잠깐 걱정했다. 한참을 달리다 보니 고속도로를 뜻하는 녹색 표시가 나왔다. 갑자기 막막해진 나는 에릭을 찾아보았지만 그의 모습은 보이지 않았다. 혹시 내가 착각을 하고 고속도로로 접어든 게 아닐까 했지만 뒤에 오는 자동차들도 경적을 울려대지 않고 심지어 경찰차도 지나가면서 아무 반응이 없었다.

나는 에릭이 나를 기다리지 않고 혼자만 멀리 간 것이 마냥 서운하고 미워서, 만나기만 해 봐라 하고 씩씩거리며 달렸다. 그런데 웬걸, 더 가다 보니 멀리 터널이 보였다. 여행 중에 터널을 지날 때면 이상한 공포감이 밀려와서 늘 에릭과 함께 다녔는데, 여전히 그의 모습을 찾아볼 수 없었다. 내가 길을 잘못 들었을까, 아니면 그가 나를 한참 기다리다 지쳐서 먼저 가버린 걸까 별별 생각이 다 들었다. 어떻게 할까 망설이고 있는데 봉고차 한 대가 내 옆에 섰다. 이탈리아 말로 무어라고 하는데 한 마디도 알아들을 수 없었다. 나는 더듬더듬 이 길이 시에나로 가는 길이 맞느냐고 물었다. 운전자는 고개를 끄덕였다.

그렇다면 그가 날 기다리다가 정말로 혼자 간 모양이었다. 조금만 더 기다려주지 하는 마음이 들어 괘씸했다. 만나기만 해 봐라 다시 쥐포로 만들어 버리겠다 하고 속으로 씩씩대고 있는데 그 운전자가 다시 말을 걸었다. 그 사람은 영어를 한 마디도 못 했지만 나와 방향이 같은지 나한테 차에 타라고 했다. 이 운전자의 도움을 받아서 차를 타고 터널을 지날까,

아니면 혼자 자전거로 지나서 나도 할 수 있다는 용기를 보여줄까 잠깐 갈등이 됐다. 무엇인가 잘못된 것 같았다. 그는 분명히 나를 기다릴 텐데……. 내가 길을 잘못 들었을지도 모른다. 그 운전자와 말이 통하지 않아 그림까지 그려가며 이곳이 고속도로인지 물었다. 그 운전자는 이 길이 고속도로가 맞는다고 했다. 내가 다리를 지나 직진했어야 했는데 잘못 들어왔다는 걸 알게 되었다. 다시 돌아갈 길을 찾았다. 걱정을 동반하던 궁금증이 해결되어 잠깐 속이 후련했지만 이내 곧 마음이 불안해졌다. 어떻게 해야 되나 싶어 눈물이 나오려고 했다.

이곳이 고속도로라는 말을 듣고 나니 아까까지는 괜찮았건만 차들이 너무 빨리 달리는 것 같았다. 길을 따라 올 때는 그의 뒷모습에만 집중하느라 도로 풍경을 자세히 보지 않았는데 다시 보니 도로 중간에는 칸막이도 있었다. 영락없는 고속도로 진입 풍경이었다. 온 길을 다시 역주행할까, 길을 건너 차의 흐름에 따를까 고민이 됐다. 무엇보다도 나는 불안에 휩싸인 나를 안정시켜야 했다. 침착하자고 스스로를 다독이며 자전거를 세워 두고 건너 갈 수 있는 길이 있는지 살펴보았다. 중앙분리대를 살피다 틈을 발견했다. 그곳으로 가서 조금 힘을 주니 공간이 생겼고, 그 사이로 자전거가 빠져 나올 수 있었다. 성공이다. 곧장 내려가면 그를 만날 수 있겠구나! 기쁜 마음으로 열심히 달렸다.

그런데 또 문제가 생겼다. 내가 빠져 나왔던 오른쪽 길이 보이기는 하는데, 2차선이고 비상도로가 없었다. 어떻게 할까 망설이다 자전거를 세우니 갑자기 뒤에서 오던 자동차들이 경적을 울리고 난리통이 되어버렸다. 그래도 무턱대고 건널 수는 없는 일이었다. 이 길을 가다 보면 분명히 빠지는 길이 나올 테고, 그 후에 경찰서로 가든 도움을 요청하는 것이 최선인 듯 했다. 낯선 길 위에 혼자 있는 것이 불안할 뿐이었지만 내게 가장 필요한 것은 침착이라고 스스로를 위로하고 다독였다. 겨우겨우 다리가 있던 자리까지 돌아왔는데 그가 보이지 않았다. 어딘가에 숨어 있나 싶어 자전거에서 내려 이곳저곳을 기웃기웃하며 에릭의 이름을 불렀다. 표지판을 잘못 읽고, 길을 오해하고 너무 멀리까지 갔다 왔다고 혼잣말도 해 봤다. 어디 숨어 있지 말고 빨리 나와, 하면서 그의 이름을 다시 불렀는데 그가 보이지 않았다. 그를 잃어버렸구나 싶어 눈물이 왈칵 쏟아졌다. 어느새 자전거를 팽개치고 거의 반쯤 정신이 나간 여자처럼 길을 왔다갔다하며 그를 불렀다.

그러다 내 앞을 지나치던 자동차 한 대가 섰고 나는 "헬프 미"를 외치며 그 자동차로 뛰어갔다. 차 안에 앉아 있던 남자는 영어로 내가 하는 말을 이해하지 못 했는지 차에서 내려 지나가는 자동차를 한 대 한 대 세우며 영어할 수 있는 사람을 찾을 수 있게 도와 주었다. 남편과 여행 중인데 내가 길을 잘못 들어 혼자 고속도로를 탔고, 그와 여행 전에 약속했듯이 길을 잘못 들었을 때는 다시 원점으로 돌아가 그 장소에서 서로를 기다리기로 했는데 그를 만나지 못했다고 자초지종을 설명을 했다.

나를 발견한 사람은 에릭을 찾으러 갔고, 영어를 할 줄 아는 또다른 사람은 나를 진정시키기 위해 물 한 병을 주며 본인도 예전에 길을 잘못 들어 엉뚱한 데로 간 적이 있다며 자기 경험을 얘기해 주었다. 이탈리아 표지판이 조금 이상하게 되어 있다며 미안하다는 말도 덧붙였다. 다 잘 될 거야, 하고 그가 내게 위로가 되는 말을 많이 해 주었지만 내가 좀처럼 마음을 가라앉히지 못해 그도 조금씩 안절부절 못하고 있었다. 나를 위로하고 달래주는 그 낯선 사람의 마음이 고마우면서도 에릭을 만날 수 없는 그 시간은 내게 초조와 불안 자체였다. 제발 그가 돌아오기만을 기다렸다. 내 울음에 내가 지쳐 살짝 넋이 나가 있는데 어디선가 "돼지야!" 하는 에릭의 목소리가 들렸다. 에릭이 걸어오고 있었다. 그와 나는 얼싸안고 눈물범벅이 되어 서로를 찾게 된 것에 기뻐했다. 그는 내가 당연히 다리를 지나고 표지판이 잘못되어 있는 걸 알고 직진을 했으리라 생각했는데 내가 오지 않기에 이상하다 싶어 다시 다리 쪽으로 내려가 보기도 했고, 아무리 기다려도 내가 보이지 않아 다음 마을의 경찰서로 향하고 있었다는 것이었다.

아마 우리는 아주 공교롭게 서로를 지나쳤던 모양이었다. 우리는 그날 서로의 소중함을 더더욱 절실하게 느꼈고 사랑을 확인했다. 지금도 그 순간만 생각하면 아찔하다. 가슴 아픈 경험이었다.

## 폭풍 속 캠핑

우리가 찾은 캠핑장은 바닷가에 자리를 잡고 있었다. 하루 더 머물기로 했는데 밤새 비가 조금씩 오더니 아침에는 강도가 더 심해졌다. 분명히 신문에 실린 일기예보에는 구름 끼고

비 온다는 예보가 없었건만. 비가 내리니 종일 텐트에서 지내야 했다. 잠이나 실컷 자야지 하고는 아침도 거르고 화장실도 가지 않았다. 텐트 안에서 이제나 저제나 비가 그치기만을 기다리고 있는데 비는 그칠 기미가 보이지 않았다. 점점 상황이 난감하게 되어 버렸다. 빗물이 텐트 속으로 들어오지는 않았지만 땅이 점점 축축해졌고 물이 잘 빠지지 못했다. 바람도 심하게 불어 텐트는 흔들렸고 점점 위험해져만 갔다.

에릭은 바람이 심하고 바닷물과 빗물에 자전거도 상하게 될지 모른다면서 더 어두워지기 전에 조치를 취하겠다고 텐트에서 나갔다. 내가 그를 따라 나갈 순간 자전거가 문제가 아니라 우리도 피신을 해야 함을 느꼈다. 심한 바람에 날아다니는 비닐봉지, 캠핑장의 흔들리는 나무들과 이미 부러진 나무 등, 캠핑장은 혼잡해졌고, 꼭 태풍이 와서 전부 파괴시킨 것만 같았다. 다들 대피를 했는지 인기척도 느껴지지 않았다. 텐트를 친 사람은 우리 둘뿐이었다. 전날 보였던 차량들도 많이 줄었고 장기간 놓인 텐트는 무너져 있었다. 섬뜩한 분위기가 연출되었다.

안내센터로 가니 문이 꽁꽁 잠겨 있었다. 목청이 터지라 소리를 질렀지만 아무런 반응도 없었다. 다른 방갈로의 문도 두드려 보았지만 어느 누구도 볼 수가 없었다. 참 사람들도 야속하지, 이렇게 비가 많이 오고 위험한 상태라면 미리 얘기라도 해 주면 얼마나 좋았을까. 자신들만 어디로 피신을 가버리다니. 참으로 야속한 사람들!

소리소리 지르고 온 사방의 문을 두드리면서 피신할 장소를 찾다가 뚱뚱이 주인아저씨를 만났다. 우리가 텐트랑 자전거를 두고 시내로 피신 간 줄 알았다며 태풍은 아니라고 했다. 비가 와서 시내로는 갈 수 없으니 방갈로로 피신을 결정했다. 방갈로의 문을 연 순간 곰팡이 냄새에 참기 힘든 괴상한 냄새가 우리를 향해 밀려 왔다. 환기를 시킨 뒤, 우리의 보물 1호인 자전거를 운반해 왔다. 바닷물이 얼마나 지독한지 자전거가 끈적끈적해졌다. 에릭은 자전거가 녹슬 수도 있다며 자전거 정비에 정신이 없었고, 나는 축축한 침낭과 젖은 옷가지들을 겨우 정리한 후 허기를 채우려고 했건만 먹을 것이 없었다. 엎친 데 덮친 꼴!

뚱뚱이 아저씨에게 너무 허기가 져서 빵이라도 좀 나누어 달라고 하니, 시내에 있는 슈퍼에 식료품을 사러 간 부인이 돌아올 때까지 조금 기다려보라고 했다. 그래도 우리가 너무나 불쌍하고 처량하게 보였는지 커피와 마른 과자 같은 종류에 잼을 발라서 가지고 나왔다. 정말로 거지가 따로 없다는 생각이 들었다. 먹을 것도 없고 우리의 집과 마찬가지인 텐트에 물까지 들어와 옮긴 숙소도 냄새 푹푹 나는 곳으로 옮겨야만 하고 먹을 것도 없어서 동냥까지 하다니. 정말로 처량하기 그지없는 신세였다.

우리는 이런 갑작스런 기후에 마음이 휘둘리지 않도록 음악도 듣고 비와 바다에 얽힌 이야기도 하며 시간을 보냈다. 《심청전》 줄거리를 에릭에게 들려 주었더니 용왕님이 제삿밥을 기다리는 것 같다며 나더러 바다로 뛰어들어가 노여움을 좀 풀고 나오라고 너스레를 떨었다.

나를 찾으려면 나를 떠나야 한다.
사람들 속에, 복잡한 도시의 빌딩 속에 나는 없다.
오직 자연만이 나를 발견해 줄 뿐이다.

## 거지 부부

비가 계속 와서 더 이상은 자전거로 여행하는 것이 힘들 것 같다며 에릭은 기차로 바리까지 가는 편이 현명할 것 같다고 제안했다. 전날 기차역에서 출발 시간을 확인하고 다음 날 기차역으로 향하는데, 타이어에 갑자기 펑크가 났다. 허겁지겁 수습하고 기차역에 들어섰는데 기차가 떠나기 5분 전이 되어도 기차가 오지 않았다. 기차를 타기 위해 준비하는 사람도 보이지 않았다. 다시 내려가서 안내를 확인해 보았지만 떠나는 시간도 맞고 타는 곳도 맞았다. 무슨 일인지 도무지 감을 잡을 수가 없었다. 사람들에게 가서 물어 보려고 했지만 표를 살 때처럼 아무도 영어를 하는 사람이 없었다. 이리저리 다니면서 우리를 도와 줄 만한 사람을 찾아다녔지만 사람도 없고 티켓을 파는 곳도 문이 닫혀 있었다. 티켓 파는 곳에 초인종 같은 것이 있어 눌러 보았더니 근무하는 사람이 나왔고, 그 사람에게 티켓을 보여주었다. 그가 내게 뭐라고 설명을 하는데 내가 한 마디도 이해하지 못하는 것을 알아차린 듯했다. 그는 어디다 전화를 걸더니 다른 사람을 나에게 바꾸어 주었다. 수화기 너머의 사람은 우리가 타려고 하는 기차는 그날이 토요일이기 때문에 지금은 운행하지 않고, 세 시간 후에나 출발한다고 했다. 대부분의 나라가 그렇지만 이탈리아도 외국인에 대한 배려는 많이 부족한 듯했다. 그 안내표 옆에 영어로 쓰여 있었더라면 이해라도 했을 텐데. 자국어로만 쓰여 있으니 알 수가 없었던 것이다.

추위와 비에 떨면서 세 시간이나 기차를 기다렸지만 기차는 오지 않았다. 오는 도중에 사고가 나서 언제 올지도 모른다는 방송이 나왔다며, 역에서 근무하는 사람이 알려주었다. 많은 사람들이 되돌아가는 것 같았다. 비도 오고 우리는 갈 데도 없어서 기차가 올 때까지 역에서 기다릴 수밖에 없었다. 그런데 두어 시간쯤 지났을 때 갑자기 어떤 방송이 나오면서 선로에 기차가 들어오는 모습이 보였다. 기차 타는 것과 기차에 자전거 올리는 것을 도와 주겠다고 한 역의 직원은 보이지 않았다. 기차에서 내린 사람에게 우리가 가진 표를 보여주니 고개를 끄덕끄덕하며 우리가 타야 하는 기차라고 했다. 아무 준비도 하고 있지 않았는데 갑자기 기차가 와서 짐을 분해할 시간이 없었다. 어쩔 수 없이 힘으로 자전거를 올려야만 했고, 기차가 떠나지는 않을까 하는 초조함에 마음이 급해져 정신이 하나도 없었다. 다행히 기차 안에 있던 여러 사람들이 나와서 도와 주었다. 간신히 자전거를 기차 안으로 밀어 넣었고, 우리는 기차로 바리까지 갔다.

에릭은 바리는 멀리 떨어져 있으니까 아마 비도 안 올 것이고 여행도 기분 좋게 마무리 할 수 있을 거라며 피곤과 짜증이 잔뜩 쌓인 나에게 희망을 심어 주었다. 나는 내심 기대를 하고 있었다.

드디어 바리에 도착했는데 비가 보슬보슬 내리고 있었다. 역 근처에 호텔이 있어서 가 보니 이상한 분위기인데다가 비싸기까지 해서 되돌아 나왔다. 어차피 그리스로 가려면 배를 타고 가야 하기에 항구로 가서 편안히 자는 것이 좋을 것 같아 항구로 향하는데 보슬비가 갑자기 거센 비로 돌변해서 쏟아지기 시작했다. 우리는 비를 피해서 주택들이 있는 큰 건물 앞에 서서 비가 그치기만을 기다렸다. 그런데 일이 꼬이려고 작정을 한 건지, 비는 더욱 거세게 오고 그칠 생각은 하지 않았다. 비를 맞으며 거리를 찾아 헤매는 것도 힘들었지만, 추운 것이 문제였다.

새벽 네 시니까 두어 시간만 있으면 날이 밝아올 테고 거기서 자리를 깔고 조금 눕기로 했다. 예전에 딱 한번 비 오는 날 기차역 앞에서 노숙을 한 경험이 있지만 남의 집 처마 같은 곳에서 추위에 떨며 또 노숙을 하게 될 줄이야.

그런데 이런 상황이 슬프기보다는 너무 화가 나서 오히려 웃음이 났다. 침낭을 깔면서 그에게 말했다.

"지금 우리 신세가 뭔지 알아? 거지야. 한국에서는 거지나 노숙하고 그래. 나도 거지고 당신도 거지인 거지."

우리는 자전거 여행을 하는 부부가 아니라 여행하는 거지 부부 같다고 말했더니, 에릭은 "거지"라는 소리가 너무 귀엽게 들린다며 좋아했다. 그는 내가 더 슬퍼지지 않게 하려고 우리는 거지꼴이 되었지만 마음은 풍요롭지 않느냐고 되물었다. 이제부터 사람들에게 우리를 소개할 때 '마음 풍요로운 거지 부부'라고 소개할 것이라나?

자전거로 지구 한 바퀴를 돌면서
나는 지구가 자전거와 같다는 생각을 했다.
찬란한 햇빛을 받으며 달려가는 자전거 바퀴처럼.
그래, 우린 멈추면 안 된다.

# 02
# 둘이서 함께 달리는 시간

## 환상은 산산조각이 나도 아름다워라

이탈리아에서 거의 도망치다시피 그리스로 향하는 배에 올랐다. 배 안에서 열네 시간을 보내야 해서 부담스러웠는데, 뱃멀미 약을 먹었더니 기운이 더 쭉 빠졌다. 이탈리아 바리에서의 여행을 두고 거지 여행이라고 장난삼아 이름 붙였던 일, 그를 잃어버리고 혼자 고속도로를 헤매던 일 등은 내가 감당하기에는 벅찬 사건들이었다. 한국에 도착하려면 1년도 더 남았다는 사실이 막막하기만 했다. 겪고 싶지 않은 일들이 계속 일어날까 봐 두려웠고 불안했다.

그는 끈기 없는 내 성격에 실망했는지 침묵하고 있었다. 나는 여행에 대한 여러 가지 생각을 정리하느라 말이 없었다. 아테네에 도착하려면 7,8일이 걸린다. 우리가 여행 전에 약속했듯이, 여행에 회의가 들면 상대방에게 이야기한 뒤에 서로 일주일간 더 생각해 보기로 했던 것처럼, 이번에도 나는 여행을 포기하고 싶다고 에릭에게 말하기로 결심했다.

일주일 후에 포기하더라도 그리스에 간다는 것은 설레고 기뻤다. 배를 타고 어딘가로 멀리 떠나는 것 자체가 처음이기도 해서 기대가 크기도 했다. 어렸을 적부터 나는 이상하게 그리스의 매력에 푹 빠져 있었다. 그리스에 있는 모든 것은 신비스러울 것만 같다는 환상을 품고 있을 정도였다.

부푼 마음으로 우리가 도착한 곳은 파트라스 항구였다. 신비한 문화와 문물들이 있을 것이라는 나의 기대는 항구를 보는 순간 산산조각 났다.

그 어수선한 모습과 지저분함이란!

항구 어디에서도 내가 상상했던 고대 건축물은 찾아볼 수 없었다. 여느 나라와 다를 바 없었다. 게다가 이탈리아의 먹구름이 언제 우리를 따라왔는지 빗방울까지 뚝뚝 떨어졌다. 어깨를 축 늘어뜨린 채 우리는 말없이 비가 약해지기만을 기다렸다.

실망이 커지다 못해 슬퍼지기 전에 지도를 폈다. 바닷가 쪽으로 조금 가면 나오는 리오라는 도시에 캠핑장 표시가 되어 있었다. 왠지 어감이 낭만적이었다. 항구와는 분위기가 다를 것 같다는 생각에 빗방울이 약한 틈을 이용해 그곳으로 향했다. 리오는 아주 조그마한 휴양도시였다. 캠핑장은 휴가

철이 지닌 터라 문을 닫아서, 다른 숙소를 찾아야만 했다. 카지노 표시가 있는 커다란 호텔이 눈에 띄었지만 그리스도 호텔비가 상당하다는 것을 알고 있었기 때문에 마을에서 방을 임대해 주는 곳을 찾으려고 이곳저곳을 기웃거렸다. 그런데 마치 마을 전체가 긴 수면 상태에 들어간 듯 모두 문을 닫은 채였다. 이런 상황에서 피곤까지 겹치니 무척 힘이 들었다.

아, 그리스가 우리를 이렇게 환영할 줄이야.

실망을 감추지 못하고 있는데, 한 사람이 미소를 지으며 다가와서는 어디서 왔느냐, 어떻게 여기를 오게 되었느냐 같은 질문을 건넸다. 그는 우리가 독일에서 왔다는 소리를 듣고는 너무나 반가워했다. 내 자전거에 달린 태극기를 보고 한국에서 온 줄 알았다면서 한국을 알고 있다는 말도 덧붙였다. 그리고는 우리를 도와 주겠다고 나섰다. 나는 우리의 상황을 설명했다. 그는 본인이 오늘 아테네로 가지 않으면 본인의 별장에 우리를 머물게 해 줄 텐데 아쉽다고 했다. 그러더니 우리와 함께 호텔로 가서 가격 흥정을 해 줬다.

그는 잠깐이라도 괜찮다면 자신의 별장에 가지 않겠느냐고 우리를 초대했다. 간단하게 다과라도 하자는 것이었다. 마음 같아선 빨리 호텔에 짐을 풀고 지친 몸을 뉘이고 싶었지만 그의 친절을 거절하기가 힘들었다. 그의 집은 바닷가에 있었다. 아주 으리으리했고, 감시용 카메라가 집 밖에 있었다. 덩치 큰 진돗개가 별장 마당을 지키고 있었다. 별장은 털털해 보이는 그의 모습과는 완전히 달랐다. 그는 아테네대학의 미술 교수였다. 보통 직위와 경제적인 풍요가 있으면 집안 가사일을 돕는 사람이 한 명쯤 있을 법도 한데 그는 자신이 직접 우리를 식탁으로 데리고 가서 신선한 빵, 토마토, 올리브, 치즈를 꺼내 놓았다. 그리스는 음식문화에서 볼 수 있듯이 곳곳이 신선하다며 도움이 될 만한 여러 가지 여행정보를 우리에게 나누어 주었다. 토마토를 한 입 깨무는 순간, 내가 꿈꾸어 왔던 그리스의 모습이 다시 떠오르는 듯했다.

그는 독일에서 유학 생활을 했고, 독일 유학 당시 한국 학생들과 교류가 많아 한국에 대해서도 잘 알고 있었다. 그는 우리 여행에 큰 관심을 보였고, 좀 더 시간이 많았더라면 좋겠다며 헤어짐을 못내 아쉬워했다.

## 푸른 바다 같은 환희

항상 새로운 곳에 도착하면 식사, 숙박, 사람에 때문에 기분이 상하기도 하고 기쁨을 느끼게도 된다. 오전에는 커피랑 빵을 먹기 위해 리오의 구석구석을 찾아 다녔건만 허탕이었다. 그리스 사람들은 아침부터 스테이크를 먹는다는 말이 괜한 말이 아닐지도 모른다는 생각이 들 정도로, 이곳에서 커피를 마시는 것은 하늘에 별 따기 같았다. 겨우 슈퍼 주인의 도움으로 커피를 마셨고 빵도 먹을 수 있었다.

에릭과 나는 바닷가 길로 아테네까지 가기로 했다. 바닷물의 색과 파도는 당장 그 속으로 빠져 들어가고 싶은 욕구를 불러 일으켰다. 휴가철이 아니라서 도로에는 차량도 거의 없었다. 그 넓은 바다와 길을 달리는 것이 너무나 행복하게 느껴졌다. 가끔씩 등성이가 있어서 힘이 들었지만 왼쪽으로는 약간 황폐해 보이는 산, 오른쪽으로는 한 폭짜리 그림 같은 바다가 있었다. 자연의 아름다움을 만끽하고 있는 내 기분을 더욱 밝게 해 준 것은 캠핑이었다. 우리가 도착한 캠핑장은 바다 기슭에 위치해서 파도 소리를 들을 수 있었고, 경치가 좋아 낭만을 느끼기에도 좋은 장소였다.

한 눈에 들어오는 바다는 파랗다 못해 검푸른 색이었다. 자세히 들여다볼수록 그 속에 빠져드는 듯한 묘한 기분이 들었다. 파도가 조금 거셌지만 에릭은 아랑곳하지 않고 그 거센 파도를 헤치며 행복하게 수영했다. 그런 그의 모습을 보니 괜히 내가 또 심술을 부리고 끈기 없게 행동했나 싶어 창피하고 미안했다. 한동안 바다를 보고 있으려니 그동안의 스트레스가 파도에 휩쓸려 멀리 떠나는 듯했다. 환희가 내 마음속에 싹 트고 있었다.

## 고생 속 인정

처음으로 보게 되는 그리스의 고대 유적도시 콜린. 기대가 크면 실망도 큰 법이라지만, 이곳에는 망가진 아크로폴리스 성전만 덩그러니 있다. 주변에는 거의 망가진 돌멩이, 옛날 집들의 잔재가 전부였다. 여행책자의 사진으로 봤을 때는 아주 웅대해 보여서 마치 오기만 하면 역사를 오감으로 느낄 수 있을 것 같았건만, 낑낑거리며 올라와 본 유적도시는 조금 실망스러웠다. 반면 다른 사람들은 기념사진 찍느라 바빠 보였다. 우리 자전거는 유물도 아닌데 덩달아 모델이 되어 있었다.

유적지를 본 후 우리가 접어든 길은 그리스의 등성이었다. 이탈리아만큼 급경사는 아니지만 힘이 들기는 마찬가지였다. 우리 옆으로 쌩쌩 지나가는 트럭 운전자들은 자기들이 도로 위의 왕이라고 생각했는지 마구 질주했다. 자전거 여행으로, 그런 난폭한 운전자들의 행태가 익숙해지고 있다는 것 자체가 조금 씁쓸했다.

등성이를 몇 번씩 오르락내리락 했더니 금방 허기가 왔다. 이곳에서는 식당이 점심에 문을 닫는다는 것을 몰라 아무것도 구입을 하지 못했기 때문에 하는 수 없이 마을이 나타나길 기대하며 열심히 페달을 밟았다.

오후 세 시면 다시 식당과 가게들이 문을 열 시간인데, 도착한 마을은 개미 한 마리도 보이지 않는 적막강산이었다. 마을을 뺑뺑 돌아 겨우 찾아낸 곳이 신문과 과자를 파는 조그마한 가게였다. 허기를 채우기 위해 과자랑 음료수를 사면서 마을이 왜 이렇게 조용하냐고 주인아주머니에게 물었지만 영어가 통하지 않아 대화는 불가능했고, 4시가 되어야만 다시 문을 연다는 말만 겨우 알아들을 수 있었다. 1시간을 더 기다려 점심을 먹고 떠나기엔 일정에 차질이 생길 것 같아 과자로 허기를 때우고 아르고스로 가는 길을 물었다. 지도에도 길이 두 가지였는데 아주머니는 보디랭귀지로 우리에게 두 가지 길을 모두 설명해 주는 듯했다.

아르고스를 향해 떠나려는데 아주머니가 과자 두 봉지를 들고 나와서 우리에게 쥐어 주었다. 열심히 잘 가라는 격려였다. 그 따뜻한 인정에 감사하며 아르고스로 향했는데 가는 길이 너무나 힘들었다. 체력이 문제였다. 어쩌면 가는 길이 고되다는 것을 알고 있어서 그 아주머니가 힘내라는 의미로 과자를 주었는지도 모른다는 생각이 들었다. 안타깝게도 과자는 큰 힘이 되지 못했다. 힘이 거의 다 빠져 눈꺼풀도 무거웠고 페달을 밟기도 벅찼다. 좁고 경사가 급한 길에, 난폭한 트럭까지 조심하느라 잔뜩 신경이 예민해진 탓에 쓰러질 것만 같았다.

멀리 자동차들이 서 있는 것이 보였다. 일단은 사람들에게 무엇인가를 먹을 수 있는 곳을 안내받아야겠다는 생각에 열심히 있는 힘을 다해 달렸다. 어떤 트럭에서 수박, 멜론, 토마토, 야채 등을 판매하고 있었다. 더위를 식히기에는 수박이 최고지만, 나는 지난번에 화장실 문제로 곤란을 겪은 경험을 기억하고 있었다. 그래서 영양가 있고 무겁지 않은 것을 먹어야겠다 싶어 토마토를 골랐다. 천막 안에는 어떤 할아버지와 여자가 있었다. 그들은 우리에게 자기들 쪽으로 오라고 손짓했다. 그들을 보며 '판매하는 사람들이 배짱도 좋다. 앉아서 돈 가져 오라고 손짓만 하네'라고 생각하면서 그 쪽으로 걸어갔다. 할아버지는 자기들 천막에 앉으라는 손짓을 하고는 앉은 우리 어깨를 번갈아 툭툭 치며 보디랭귀지로 우리 부부의 키 차이가 유난하다며 재미있어했다. 그러고는 마냥 웃으면서 우리는 알아들을 수 없는 그리스 말을 계속했다. 다행히도 함께 앉아 있던 손자며느리가 영어를 조금 하는 터라 할아버지의 말을 전달받을 수 있었다. 이야기인 즉슨, 내가 할아버지가 처음으로 보는 동양인이고, 우리처럼 자전거에 트레일러를 연결해 다니는 사람들이 신기한데다, 고목나무와 매미처럼 키 차이가 유난한 사람들을 본 것 역시 처음이라는 것이다. 나는 손자며느리를 통해 우리가 부부이고 독일에서부터 그리스까지 자전거로 왔다고 할아버지에게 얘기했다. 할아버지가 손수 깎은 멜론을 대접받으며 천막에 자리를 잡고 앉아 할아버지가 살아온 이야기와 우리 여행담을 주거니 받거니 하며 시간을 보냈다. 할아버지는 독일이

나 한국이 어디에 있는지 관심 가질 경제적 여유 없이 일평생을 농사만 짓던 사람이었다. 가끔 우리 같은 뜨내기들을 통해 바깥세상 이야기를 들으며 70 평생을 살았다고 말하는 할아버지의 눈빛 어딘가에 순수함이 있었다.

## 그래도 당신이 낫네

드디어 커다란 슈퍼마켓을 발견했다. 그동안에는 에릭이 슈퍼에서 필요한 것들을 사왔지만 지난번 이탈리아에서의 싸움을 계기로 이번에는 내가 장을 봐 오기로 했다. 시장은 그 나라 사람들의 생활을 한눈에 볼 수 있는 곳이기 때문에 우리는 되도록이면 시장을 들른다. 그런데 시대가 변화함에 따라 시장이 없는 경우가 곧잘 있었다. 이럴 때는 대형 슈퍼에 가서 그 나라 사람들의 식습관과 물가를 파악한다.

평소에 올리브를 무척 좋아해 즐겨 먹는데, 슈퍼에는 올리브가 수십 가지였다. 한국의 오이소박이처럼 절인 오이 속에 양파와 당근을 넣은 것이 눈에 띄었고, 그 외에도 피망 절임, 고추 절임 등이 있었다. 한국처럼 시식해 볼 수도 있어서 시간 가는 줄을 몰랐다.

자전거 옷차림이 특이해서 이목을 끌기도 했지만 시식하는 내내 너무 밝은 표정을 지은 탓인지 사람들이 이것저것 먹어 보라며 권하는 게 많았다. 친절한 사람들 덕분에 배불리 먹고 슈퍼를 누비다가 느지막이 이것저것을 봉지에 담아 나왔더니, 날 기다리다 지쳤는지 에릭은 자전거 옆의 벤치에 누워 있었다. 본인이 겪어 보아야 고초를 안다고 했던가? 대형 슈퍼에 갈 때는 구입할 물건 목록을 만들어도 쉽게 찾아내지를 못하거나 다른 데 정신이 팔려서 시간이 오래 걸린다는 에릭 말이 맞았다.

"올리브만 산다고 하더니 한 달 먹을 음식을 사왔네!"

에릭이 일어나면서 말했다. 배고플 때 장보러 가지 말라는 말이 딱 맞다. 식료품을 너무 많이 샀다. 그래도 에릭은 자전거 가방을 이리저리 살피며 내가 사 온 물건들을 정리하기 시작했다. 넣을 수 있는 공간보다 사온 것들이 더 많은데 에릭은 짜증 한 번 내지 않았다. 그가 정리하는 모습을 보며 지난번에 에릭에게 화내고 짜증낸 것이 미안해졌다. 그리고 다음부터는 구입해야 할 물건을 목록으로 만들고 쇼핑 시간도 줄여야겠다고 다짐했다. 에릭이 간신히 짐정리를 끝냈다. 가방에 다 들어가지 않아서 벤치에 앉아 무거운 것은 먹어 치웠다. 사람들 구경하며 시간을 보내는 것도 재미있었다.

"이제 내가 슈퍼에 들어가면 시간 많이 끄는 이유를 알겠지?" 하고 에릭이 말했다. 내가 대꾸했다.

"응. 하지만 당신보다는 시간이 덜 걸렸는걸! 그리고 여긴 벤치도 있고 그늘도 있잖아?"

내심 미안해하고 있으면서도 지고 싶지 않은 마음에 계속 마음이 상했던 옛 이야기를 덧붙였다. 우리는 앞으로 큰 슈퍼에 갈 때는 되도록이면 함께 가기로 했다.

## 내일은 무지개가 뜨기를

여행 전에 읽은 어떤 자전거 여행 책에서 나프플리오에 관한 내용 중 독일의 바이어른 사람이 숙소를 아주 예쁘고 고풍스럽게 꾸며 놓았다는 정보를 본 적이 있다. 우리는 도착하자마자 그곳을 찾아갔다. 그런데 막상 가서 보니 당장 귀신이라도 나타날 것 같은 외관에 건물은 쓰러지기 직전의 모습이었다. 여행을 시작하기 1년 전에 출간된 책이어서 괜찮을 것이라는 기대가 있었다. 그런데 아무리 문을 두드려도 반응이 없었다. 설마 1년 사이에 이렇게 황폐해진 걸까? 아무리 문을 두드려도 사람은 나오지 않았다. 숙소 문제로 항상 까다롭게 구는 내가 숙소를 찾아다니기로 했고, 에릭은 자전거를 지키기로 했다.

우리가 있는 곳은 옛 시가지였기 때문에 골목도 협소하고 자전거로 다니기에 많이 불편했다. 거기에 계단까지 많아서 괜찮은 숙소를 발견해도 자전거로는 진입할 수가 없었다. 내 구미에 맞는 숙소를 구하기는 하늘의 별 따기였다. 방이 괜찮으면 자전거 보관 장소가 없고, 자전거 보관 장소가 있으면 침대가 짧아 에릭이 누울 수 없었다. 신 도시로 가는 방법 외에는 뾰족한 수가 없겠구나 싶었을 때 조금 비싸 보이는 숙소를 발견했다. 마지막으로 한 번 물어나 보자 하며 들어간 곳에서 뜻하지 않게 일이 해결됐다. 목욕탕을 옆방하고 공동으로 쓰는 방이 비어 있다는 것이다. 옆방에 사람이 들어 있지 않으니까 우리 둘이 쓰는 것이나 마찬가지였고 우리가 자전거 여행을 하고 있다고 하니, 주인은 그 점을 높게 평가해서 가격도 깎아 준다는 것이다. 에릭에게 이 소식을 전하며 잘생긴 그리스 아저씨가 인심도 좋다고 하니 그는 입을 삐죽거렸다.

바다가 보이는 전망 좋은 방이었고 마음 놓고 자전거를 보관할 수도 있어서 고생한 보람이 있었다. 짐을 푼 뒤 옛 도시를 구경하기 위해 나가려는데 갑자기 거센 소나기가 내렸다. 그 빗소리를 듣고 있자니 여행 중 쌓여 있었던 속상한 마음이 한꺼번에 씻겨 내려갔다. 그런 내 얼굴을 보고 있던 에릭이 아테네에 도착하면 정말로 독일로 돌아갈 것이냐고 물었다. 난 바로 대답할 수가 없었다. 힘들었던 기억과 지금의 후련함이 딜레마를 만들었다. 좀 더 생각해 본 뒤에 아테네에 도착하면 결정하겠다고 대답했다. 말은 그렇게 했지만, 마음은 아주 맑은 하늘같았고 내 여행에 빛깔 좋은 무지개가 뜬 것 같았다.

고난을 극복하는 것이 삶이다.
힘듦, 아픔, 위기 없이 기쁨과 행복은 오지 않는다.
지금 이 길, 이 과정을 누리자.

## 자전거가 무슨 죄라고

아테네에 도착했다. 그리고 아테네에서 여행을 마치고 독일로 돌아가겠다던 나는 마음을 바꿨다. 벌써 여행을 하지 않겠다고 세 번이나 선언했다가 혼자 수그러졌으니 양치기 소년과 다를 바 무엇인가 싶어 괜히 부끄러웠다. 그리고 모른 척하고 넘어가 주는 에릭이 고마웠다.

섬에서 운영하는 차 몇 대를 제외하면 교통수단은 조랑말뿐인 예쁘고 아기자기한 섬이라는 히드라 섬을 주변에서 적극 추천하기에 에릭과 나는 다음 방문지를 그곳으로 정했다. 히드라 섬으로 가는 배에 오르려는데 선장이 우리에게 자전거를 가지고 갈 수 없다며 표를 환불하든가 자전거를 어딘가에 두고 배를 타라고 했다. 전화로 자전거가 섬에 들어갈 수 있는지 문의했을 때는 아무 문제가 없다고 해서 일부러 경로를 바꿨는데, 섬에 들어갈 수 없다니 받아들이기 힘들었다. 선장에게 전후사정을 설명하고 꼭 섬에 들어가고 싶다고 떼를 쓰니 배에 타고 있는 유럽 여행객들도 우리 편이 되어 자전거가 소음을 내는 것도 아니고 공해를 만드는 것도 아니니 빨리 싣고 떠나자고 해 주었다.

우리가 한 발자국도 물러서지 않아서 출발 시간이 지체되자 선장은 일단 자전거를 배에 싣는 것까지는 허락하겠지만, 섬에 방문할 수 있는지는 모르겠다고 했다. 배가 떠날 때 배에 타고 있던 사람들이 박수를 쳐 주었고 모든 사람들이 예쁜 히드라 섬을 볼 마음으로 들떴다.

"섬에 도착했는데 자전거 때문에 배에서 내리지 못하게 하면 어쩌지?"

"괜찮을 거야. 자전거잖아."

배를 타고 히드라 섬까지 가는 데는 네 시간이 걸렸다. 관광객을 관리하는 경찰들이 배에서 오는 관광객을 한 명씩 차례로 내려 주었다. 우리 차례가 되었고, 우리는 자전거를 끌고 내리려고 했다. 경찰들이 우리를 막았다.

"이 섬은 타 교통수단의 출입을 금지합니다. 섬을 구경하시려면 자전거를 배에 두고, 오후에 배가 떠날 때 다시 육지로 가져가세요."

우리는 독일에서 이곳까지 온 여행객인데, 예외로 사정을 봐주면 안 되겠느냐고 부탁했다. 다른 관광객들이 우리를 거들었다. 항구가 갑자기 우리와 자전거로 시끌벅적해졌다.

두 경찰은 서로 이야기를 나누더니 어디론가 전화를 걸었다. 통화를 마친 뒤 그 중 한 사람이 자전거는 경찰서에 보관한 뒤에 섬을 둘러보라고 했다. 경찰서까지 갈 때도 자전거를 타는 것은 금지였다. 경찰들이 자전거를 끌고 가려고 했고, 우리는 우리 손으로 직접 경찰서에 가져다 놓겠다고 이야기했다. 경찰서에 가서 자전거를 보관하고 나오는데 왜 그리 마음이 짠하던지!

## 그리스 인의 신혼 여행지, 산토리니

히드라 섬을 끝으로 그리스 관광이 끝났다. 다음 목적지인 이집트로 가기 위해 우리는 다시 항구로 이동했다. 그리스에서 이집트로 가는 배가 있다고 여행서에도 쓰여 있었고 항구에도 이집트 행이 적혀 있는데, 막상 항구에는 이집트로 가는 배편이 없다고 했다. 이용하는 사람이 없어서 2년 전부터 노선이 없어졌다고. 항구 경찰서에 가서 문의를 해 보니 경찰서도 똑같은 정보만 줄 뿐이었다. 우리는 조금 난감해졌다. 궁리 끝에 배를 타고 이스라엘을 거쳐 이집트에 가기로 했다.

에릭은 독일인이라 비자가 필요 없었지만 한국인인 나는

비자가 필요했다. 비자를 신청하니 빨라야 일주일이 걸린다고 했다. 그 시간을 꼬박 아테네에서 보낼 수는 없었다. 우리는 어느 곳을 돌아볼 수 있을지 함께 생각하다 산토리니에 가기로 했다.

저녁에 배를 타고 새벽 다섯 시경에 산토리니 섬에 도착했다. 관광객에게 방을 임대하려고 나온 그리스 사람들이 몇 있었고, 관광객들은 하나둘씩 그들의 봉고차를 타고 어디론가 떠났다.

잠을 한숨도 못 잤더니 배 멀미가 나서 정신이 없었다. 항구에서 해가 뜰 때까지 기다렸다가 도시로 가려고 짐을 챙기는데, 배가 나온 퉁퉁하고 얼굴이 넙적한 중년의 그리스 아저씨가 와서 말을 걸었다.

"도시로 가는 길이 너무 험하고 힘드니까 내 봉고차로 운송을 해 주겠소. 숙소도 싸게 해 줄 테니 와서 보고 결정하면 어떻습니까?"

나는 아저씨의 제안이 마음에 들었지만, 에릭은 해가 뜨면 자전거로 이동할 예정이라며 상냥하게 그의 제안을 거절했다. 해가 뜨기 시작해 자전거에 짐을 싣고 갈 길을 점검해 보니 정말로 아저씨가 말한 힘든 길이 될 것 같았다.

잠이나 제대로 자고 아침이나 두둑하게 먹었으면 그 길을 갈 수 있겠지만 아침도 먹지 않은 상태에서 그 언덕길을 올라갈 것이 까마득했다. 또 고집을 쓴 에릭이 미웠고, 이 힘든 상황에 화가 났지만 이 상황을 빨리 받아들이고 적응하는 것이 낫겠다는 판단이 섰다.

그러나 몇 킬로미터 가지 못해 현기증이 왔다. 나는 자전거에서 내려 자전거를 끌면서 올라가는데 봉고차 주인아저씨가 그 길을 내려왔다.

"우리 숙소에 가죠? 가서 마음에 들지 않으면 다른 곳으로 가도 된다니까? 그리고 이 길은 힘드니 나중에 섬 떠날 때 내리막을 만끽하며 자전거로 타요!"

그 순간 결심해 버렸다.

"에릭! 나 저 아저씨 봉고차 타고 갈래! 당신은 자전거를 타든 나랑 이 버스를 타든 마음대로 해."

나는 그 상태로는 언덕을 오를 자신이 없다. 자전거 여행은 우리가 좋아서 하는 것이지만 꼭 고집을 피워서 모든 길을 자전거로 갈 필요는 없다는 것이 내 생각이었다. 에릭은 투덜대면서 자전거의 짐을 분해해 봉고차에 실었다.

꼬불꼬불 고개를 넘어 한참을 가니 그제야 사람이 많이 사는 해변가의 도시가 보였다. 그 길을 자전거로 왔더라면 힘에 겨워 녹초가 되었을 것이 뻔했다. 우리를 태워준 아저씨의 숙소는 조금 외진 데 있었지만 깔끔해서 마음에 들었다. 먼저 잠을 좀 잔 뒤 창문을 여는 순간, 눈 앞에 펼쳐진 파란 하늘과 하늘색 지붕, 하얀 집들이 눈부셨다.

"아!"

백문이 불여일견이다. 산토리니 섬이 왜 신혼 여행지로 손꼽히는지 충분히 느껴졌다.

이집트로 가는 배편이 없어 이스라엘로 가게 된 것마저 우연을 가장한 세상의 선물 같았다. 아름다운 풍경을 눈앞에 두었더니, 모든 것에 고마운 마음이 들었다.

## 기대보다는 두려움

그리스에서 이스라엘로 가는 데는 이틀이나 소요된다. 그런데 우리가 탈 배는 꼭 침몰할 것만 같은 모습이었다. 몇 시간도 아니고 이틀이라는데 행여나 바다에서 무슨 불상사라도 생기면 어쩌나 하는 걱정이 앞섰다. 한 주 뒤에 가는 배로 바꿀 수는 있지만 다음 주에 그 배가 확실하게 출항한다는 보장이 없고, 또 어떤 상태의 배가 올지 아무도 모른다고 했다. 이스라엘이 못 사는 나라도 아닌데 어떻게 배의 상태가 이럴 수 있을까 하는 마음뿐이었다. 다른 방법이 있는 것도 아닌 터라 다른 사람들도 다 타는 배인데 나라고 못 탈것 없다는 용기를 갖고 배에 올랐다.

그런데 배의 내부는 겉으로 짐작했던 것보다 훨씬 더 심각했다. 모르는 사람들과 함께 방을 쓰거나 두 사람이 한 방을 써야 했다. 이도저도 싫으면 갑판에서 지내야 했고. 두 사람이 쓸 수 있다는 방은 너무 좁고 공기도 통하지 않아서 뱃멀

미하기 딱 좋은 환경이었다. 우리는 갑판을 선택했다. 갑판은 가격이 제일 저렴했다. 바닷바람을 맞을 수 있어 멀미는 덜했지만 화장실은 서른 명이나 되는 사람들과 함께 써야 했다. 가는 중간에는 물도 내려가지 않았다. 여행객들이 가끔 화장실 청소를 했지만 금세 더러워지곤 했다. 안 마시고 안 싸는 것이 최선의 방법이었다. 열악한 환경에 매번 마음이 흔들렸다. 이스라엘에 대한 기대와 설렘보다는 두려움이 앞서기 시작한 것이다. 이러한 상황에서도 아주 화기애애하게 오손도손 이야기를 하는 사람들을 보면서 내가 잘못된 것은 아닐까? 너무 까다롭게 구는 것일까? 하는 자문이 들었다.

거기에 그곳에서 만난 어느 이스라엘 부부가 이스라엘에 대해 정보를 주면서, 예루살렘 같은 대도시에서는 숙소를 구하기에는 어렵지는 않지만 소도시에는 숙소가 거의 없다며, 해변가 같은 곳에는 모래사장에서 침낭을 깔고 자면 된다는 말을 했다. 숙소 문제가 나에게는 제일 중요한 문제인데 또 한바탕 부딪혀야 된다고 생각하니 도착하기도 전에 머리가 아파오기 시작하고 불안했다. 닥치면 일이 어떻게든 풀리겠지만 조그마한 마을에 숙소가 없어서 아무 데서나 노숙을 해야 한다니.

## 우린 운이 좋아!

도착할 항구의 모습이 저 멀리에서 보였다. 사원처럼 보이는 것들이 우뚝 솟아 있었는데 그 낯선 풍경이 마음에 들었다. 이스라엘 부부는 하이파에서는 사원과 시장을 제외하면 볼 것이 없다며, 북쪽의 아코라는 도시로 가면 이틀 후에 열리는 축제를 볼 수 있는데, 좋은 추억을 만들 수 있을 것이라고 했다. 그러면서 1년에 딱 한 번 열리는 축제인데, 운이 좋은 여행자들이라고 했다.

그 말을 듣고 나니 서둘러 아코에 가고 싶어졌다. 그런데 세관 통과에서부터 말썽이 생겼다. 이집트로 가야 하기에 여권에 도장을 따로 찍어 달라고 하니 작성해야 할 서류라며 한 뭉텅이의 서류를 주었다. 그것도 부족해서 짧은 인터뷰가 이어졌고, 심지어는 우리가 부부인 것이 의아하다며 까다롭게 조사하기 시작했다. 어떻게 만났느냐, 언제 결혼했느냐, 두 사람의 직업은 무엇이냐 등이 주된 질문이었다. 그들은 우리의 여행 취지야 잘 알지만 우리가 장기간 이스라엘에서 체류할 가능성도 열어 두어야 하고, 폭도들과 연관이 있는지도 조사해야 한다고 했다. 내가 긴장한 얼굴을 하니 한 영국 관광객이 이스라엘 사람들이 겉으로는 매우 엄격하고 딱딱하게 보이지만, 알고 보면 따뜻한 사람들이라며 긴장을 풀어 주려고 했다. 무사히 검사를 마치고 나오려는데 또 한 검사원이 여권을 보자며 똑같은 질문을 해왔다. 직위의 위세를 세우는 거다 싶어 고분고분 대답을 해 주니, 웃으면서 좋은 여행이 되길 빈다며 그날 오후부터 은행과 대부분의 상점이 공휴일이라 쉬니 그걸 감안하라는 충고를 해 주었다.

세관 건물을 나오는 순간, 나는 "으악!" 하고 소리를 지르지 않을 수 없었다. 찌는 듯한 더위, 매연, 도로에 빼곡한 차들, 무질서 등이 한눈에 들어왔다. 이번에는 유연하게 어려운 상황들을 잘 대처할 수 있으면 하고 바랐다.

은행에 가서 돈을 찾았다. 늘 그렇듯 아침 커피를 마시려고 보니 길거리에 빵집과 식당들이 즐비하게 늘어서 있었다. 요기를 한 뒤에 배에서부터 눈여겨보았던 사원으로 향했다. 거리상 별로 멀게 보이지 않아 길을 어림잡았는데, 의외로 꽤 멀었다. 경사 길을 달려 사원 앞에 도착했다. 자전거를 세우고 들어가려는데 사원의 관계자가 내가 짧은 바지를 입어서 출입이 안 된다며 나를 막아섰다. 짐을 뒤져 긴 바지로 갈아입고 사원으로 가니, 그 안에 있는 것은 백합과 초, 그리고 이것들을 지키는 사람이 전부였다. 다른 것은 볼 것이 하나도 없었다.

정원은 잘 정리되어 있는 것 같아서 그곳에 들어가려고 하니 출입 시간이 끝났다며 내일 오라는 것이 아닌가. 힘들여 여기까지 올라온 것이 허무하게 느껴지기만 했다. 약간은 허탈한 기분으로 시내로 내려와 시장을 찾았다.

시장은 좁은 길이 많았다. 자전거를 끌고 구경하기에는 길이 좁고 복잡했다. 게다가 이스라엘 사람들이 우리에게 너무 관심을 보여서 자전거로 이동하기도 쉽지 않았다. 시장 구경에는 욕심을 부리지 않았다. 다음 목적지에 늦지 않게 도착하기 위해 우리는 다시 길을 떠났다.

## 적응하고 극복하여 즐기자

한 해에 한 번 열린다는 축제를 보기 위해 기를 쓰고 아코에 왔는데, 숙소가 없었다. 캠핑장을 찾아다녔더니, 배에서 만났던 이스라엘 부부처럼 모두들 바닷가를 추천해 주었다. 자전거로 여행을 하면서 느끼는데, 어느 곳이고 숙소가 구해지지 않으면 가슴을 졸이게 된다. 치안 문제가 있으니 노숙을 할 수도 없고, 다른 곳으로 갈 수도 없는 상황이 되기 때문이다.

이스라엘에 도착할 때부터 번잡하더니만 첫날부터 된통 꼬이기만 하는 것 같아 조금 속상했다. 마음을 가라앉히고 냉정하게 생각하기 위해 시청 앞 광장에 앉아 좀 쉬고 있으려니 이스라엘 사람과 유럽 여자가 우리 쪽으로 걸어와서 자전거에 관심을 보였다. 어느 나라에서 왔냐고 물어왔다. 이런저런 이야기를 나누다 우리가 지금 묵을 곳이 없어서 도움이 필요한데 아는 곳이 있느냐고 물으니 본인이 묵고 있는 곳에 아마 남은 자리가 있을지도 모른다고 했다.

정말로 자리가 있었다. 스무 명이 함께 자는 방이었고 네 자리가 남아 있었다. 배 안에서 서른 명과 함께 화장실도 같이 썼으니, 이스라엘에 도착하면 편안하게 지내고 싶었건만 이렇게 시작을 힘들게 해야 된다는 사실이 슬펐다. 항상 에릭하고 둘만 자는 방을 선택한지라 어떻게 자야 될지도 막막했지만 그 축제의 도시에서 몸 뉘일 곳을 찾았다는 것에 감사할 수밖에 없었다.

여행에는 이런 고마움이 있구나! 상황에 대처하고 적응하는! 화나고 속상하다고 우는 소리 내보았자 나만 손해지. 그래, 왜 나라고 스무 명과 한 방에서 못 자겠어.

샤워를 하려고 욕실에 들어가니 비위생적인 풍경에 구역질이 났지만 씻을 수 있다는 것에 감사하기로 했다. 에릭은 대충 짐을 주인에게 맡겨 놓고 축제를 즐기러 가자고 내 손을 잡아끌었다. 그래, 미친듯이 축제를 즐겨 보는 거야!

축제는 그 다음날부터 시작되지만 도시는 이미 축제 분위기에 흠뻑 젖어 있었다. 온갖 먹을거리와 음악과 춤에 기뻐하는 사람들 덕분에 나도 덩달아 어깨가 으쓱으쓱해졌다. 우리는 돌아다니다가 특이한 것을 발견했다. 망가진 자동차 주변에 찌그러진 물건들, 쟁반 ,솥, 유리병 같은 잡동사니를 두들겨서 음악을 연주하는 사람들이 있었다. 이스라엘 젊은이들의 아이디어와 음악을 사랑하는 모습을 보니 좋은 에너지를 받는 것 같았다.

## 믿어도 좋을까?

섭씨 40도가 넘는 찜통 같은 더위에, 도로는 온통 유리조각으로 뒤덮인 이스라엘은 정말 자전거 타기에 힘든 곳이었다. 유럽을 떠나니 새로운 세계를 마주하게 됐고, 그만큼 또 새로운 경험이 시작되었다. 사람이 완전히 이상한 환경을 접하게 되면 악이 받친다는 말이 나에게도 적용이 되는지, 힘들어도 포기라는 말은 나오지 않았다.

무엇인가 신비하고 알 수 없는 매력을 느끼고 있었다. 우리가 새롭게 도착한 곳은 텔아비브라는 대도시였다. 길에서 만난 독일 관광객이 알려준 호스텔을 찾아갔지만 2인실은 이미 만석이었다. 여러 명이 함께 자는 도미토리는 영 잘 수가 없는 형편이었다. 많은 사람들이 한 방에서 자면 여행정보도 교환하게 되고 간접적으로나마 여러 문화와 생활 풍습을 알 수 있다는 장점이 있지만, 물건을 도난당할 위험이 있어서 마음이 편하지 못하다는 게 단점이다. 무엇보다도 좁은 공간에서 잠을 자니까 모두 다 잠자는 시간도 다르고 잠버릇도 달라서 은근히 곤욕을 치를 수 있었다. 때문에 여럿이서 방을 쓰는 날이면 거의 잠을 못 잤고, 그 다음날에는 늘 지쳐서 자전거 타기가 버거웠다.

에릭과 함께 숙소를 찾으러 몇 군데 더 다녀보았지만 적합한 곳은 없었다. 일방통행 도로가 너무 많아 둘이서 다니기에 버거워지자 에릭 혼자 방을 보러 다니기로 했다. 에릭이 없는 동안 나는 그늘에 앉아서 이스라엘에 관한 글을 읽었다.

자전거에 달린 태극기를 본 웬 잘생긴 청년이 내게 "한국에서 오셨나요?" 하고 영어로 물어왔다. 대답해 주기 귀찮았지만 예의는 지켜야겠다는 생각에 그렇다고 간단하게 대답했다. 그랬더니 그가 다시 말을 이었다. 자전거로 한국에서 왔느냐, 혼자 왔느냐, 자기 아빠가 공장을 운영해서 많은 한국학생이 키부츠로 일을 하고 있기 때문에 한국에 대해 조금 알고 있다 등의 대화가 이어졌다.

사람들에게 관심 받는 것은 좋은 일이지만 매번 우리가 어느 나라에서 왔는지, 직업은 무엇인지, 목적지는 어디인지 등 똑같은 이야기를 반복하는 것에 나는 조금 지쳐 있었다. 더군다나 자전거 타는 것만으로도 체력이 남아나질 않았다. 그런 와중에 관심을 받게 되면 짜증이 날 때가 종종 있었다. 딱 그런 날이었다. 그래도 어째서인지 쌀쌀맞게 대할 수는 없었다. 이름이 오피아라는 청년과 한참 대화를 하고 있으니 에릭이 어깨가 축 늘어뜨린 채로 돌아왔다. 호스텔에는 두 사람이 쓰는 방은 전혀 없으니 둘이 방을 쓰려면 어쩔 수 없이 호텔로 가야 한다며 내게 결정권을 넘겼다. 하루에 15만 원씩 주고 잠을 잘 것인가, 힘들어도 여러 명과 함께 자며 절약할 것인가를 선택해야 했다. 쉽게 결정을 내릴 수가 없었다.

그런데 우리 얘기를 듣고 있던 오피아가 본인의 집에 머무는 것이 어떻겠냐고 물었다. 대답을 못 하고 있으니 그가 다시 말을 이었다. 돈은 낼 필요가 없고, 방 세 개인 집에 친구랑 둘이서 쓰고 있는데, 지금은 친구의 여자친구가 머물고 있다고 했다. 집이 가까우니까 가서 보고 결정하라는 그의 호의를 일단은 받아들이기로 했다.

오피아가 사는 아파트는 미국 영사관 옆에 있었다. 안전은 말할 것도 없고, 방도 큰데다 바닷가와의 거리가 3분이 되지 않았다. 너무나 좋은 조건이었다. 3일 동안 머물러도 되냐고 물으니 얼마든지 있다가 가도 좋다고 했다. 씻고 나오니 오피아 친구의 여자친구인 로가 있었다. 금세 친해져서 한참 이야기를 나누고 있는데, 마침 그날 저녁 이스라엘에서 처음으로 '러브 퍼레이드'가 열린다며 함께 가자고 했다. 게이와 레즈비언 등이 많이 오는 파티라고 했다. 파티가 열리는 곳에는 온갖 특이한 장식을 한 행렬차량이며 음악, 여장을 한 남자, 남장을 한 여자 등이 있었다. 독일에서 본 적이 있긴 했지만 그 규모가 훨씬 크고 대단했다. 일반적인 화목한 축제와는 분위기가 달랐다. 광분한 사람들의 모임이라고나 할까? 조금 낯설었지만 새로운 세계라는 생각이 들어 재미도 있었다. 한참 축제를 즐기다 식사를 하러 가자고 권하니, 오피아는 할 일이 있다며 우리 둘이 먹고 오라고 했다. 저녁을 먹고 오니, 오피아의 다른 친구들이 와 있었다. 우리를 본 오피아는 앞으로 이틀간 연휴라 집을 비울 예정이라며 우리에게 열쇠를 맡겼다. 함께 가자고 하거나 우리에게 사정을 설명하고 다른 숙소로 옮기라고 할 줄 알았는데 오늘 처음 만난 우리에게 열쇠를 준다는 것이 의아했다. 어떻게 우리에게 열쇠를 주고 쉬라고 할 수 있냐며 나는 그렇게는 못 할 것 같다고 얘기했더니, 오피아는 우리가 자기를 신뢰하고 아무 의심 없이 따라왔듯이 자신도 우리를 믿는다고 했다. 아주 간단한 일을 내가 심각하게 받아들이는 것 같다면서 부담 갖지 말고 편히 지내라는 말도 했다. 본인은 어쩌면 예정보다 더 늦게 돌아올지도 모른다나? 그러니 가끔 엽서라도 보내달라며 훌훌 떠났다.

## 오늘에 감사하며

오피아가 친구들 하고 떠나니 괜히 불안했다. 친절함으로 여행자를 꼬여내어 좋은 환경을 주고 안심시킨 뒤 습격하지는 않을까? 내가 남들에게 베풀지 못하는 호의를 받은 터라 온갖 상상이 떠올랐다. 에릭은 내가 너무 심각하게 생각한다며 오피아가 그렇게 하려고 마음먹었더라면 우리는 벌써 여기에 존재하지 않았을 거라고 말했다.

오랜만에 편안하게 집에서 음악을 들으면서 쉬고 있으니 몸이 놀랐는지, 태국 음식 때문인지 슬슬 몸이 가려웠다. 군데군데, 특히 땀나는 부위에 붉은 점 같은 것이 돋아났다. 그동안 이스라엘에서 너무 강행한 탓에 몸에 무리가 가서 생기는 현상일까? 벌레에 물렸나? 딱히 원인이 짐작되지 않아서 가려울 때 바르는 연고를 바른 뒤 잠이 들었다. 그런데 가려움증이 점점 심해져 잠을 잘 수가 없게 됐다. 일어나 불을 켜고 몸을 살펴보니 붉은 점이 온몸으로 번져 있었고, 두피까지 가렵기 시작했다. 도저히 참을 수가 없었다. 게다가 구토 증상에 이어 가슴이 답답하고 숨이 막혀 오는 것 같아서 택시를 타고 야간 진료를 하는 큰 병원으로 향했다.

응급실에 도착한 뒤 바로 침대로 옮겨졌는데, 나를 살피러 오는 사람이 아무도 없었다. 항상 조용하던 에릭도 그때는 불안했는지 화가 나 있었다. 사람의 상태를 보기라도 해야지 저러다가 죽기라도 하면 어떡하느냐고 소리까지 지르는 바람에 상황이 조금 심각해졌다. 조금 뒤 의사가 왔고, 알레르기 반응이라는 진단을 받았다. 가려움증을 없애기 위해서는 약을 복용한 뒤 지켜보는 수밖에 없고, 자세하게 알아보려면 정밀 진단을 해야 되는데 일주일에서 열흘 정도가 걸린다고 했다. 여행객이니만큼, 일단은 약부터 복용하고 경과를 보자고 했다. 그런데 약을 먹어도 가려움증은 가라앉기는커녕 힘만 더 빠지는 듯했다. 이러다가 죽는 것이 아닌가 하는 마음에 괜히 불안하고 눈물이 나왔다. 에릭은 내게 아무런 도움을 줄 수 없어서 미안하다고 괜찮아질 거라고 나를 다독였다. 식중독일지도 모른다면서 너무 심각해지지 말자고 말하면서도 그도 눈물을 글썽였다.

의사가 다시 오더니 뽑은 피로는 도저히 무슨 이유인지 알 수 없다고 했다. 코티즌이라는 독한 주사를 맞는 것이 최선이라고 했다. 약물이 독해서 몸에는 좋지 않지만 죽는 것보다는 주사를 맞는 편이 나을 것 같았다. 주사를 맞고 두어 시간이 지나니까 언제 그랬느냐는 듯 몸에 있던 모든 붉은 점과 가려움이 사라졌다. 단지 몸에 힘이 없을 뿐이었다. 의사는 음식 때문인 것 같다고 했다. 이런 알레르기 증상은 거의 원인을 찾아내기 힘들다며 무리하지 말고 며칠 꾸준하게 약을 먹으며 지켜보는 것이 좋겠다고 했다.

## 사해에서 익사 걱정하기

예루살렘을 떠난다는 것이 너무나 아쉬웠지만 우리는 사해를 향해 떠나기로 했다. 따가운 햇볕과 높은 온도에 숨이 막히는 것 같았다. 사막 같은 곳을 계속 내려오면서 간간히 보이는 것은 낙타랑 빈민굴뿐이었다. 사람들이 사는 모습은 전혀 찾아 볼 수가 없었고, 그 사막에는 차량도 거의 없어 우리 둘만 덩그러니 서 있는 듯한 기분이었다.

드디어 사해까지 왔다. 믿어지지 않았다. 내가 현실 속의 나인지 꿈 속의 나인지 실감나지 않았다. 표현하기 힘들 정도로 자연의 모습은 쓸쓸하면서도 신비로웠다. 이런 것을 눈으로 직접 볼 수 있다는 것이 믿기지 않을 정도로 황홀했다.

자전거로 여행하기에 좋은 나라인지는 확실치 않았지만 신비한 나라임에는 분명했다.

사해 근처의 오아시스인 엔 게디에 드디어 도착했다. 목적지로 삼은 캠핑장은 문이 닫혀 있었다. 근처 주유소에 물으니 수질이 좋지 않아서 문을 닫았다며 사해를 보러 오는 관광객을 위해 만든 휴식공간이 있으니, 그곳에 가서 텐트를 치면 되고, 화장실과 샤워실은 주유소에 돈을 내고 사용하면 된다는 안내도 받았다. 몇몇 사람들이 텐트를 치고 있었고 우리도 자리를 잡았다.

짐을 풀자마자 에릭은 수영복으로 갈아입고 사해로 들어갔다. 신이 난 그는 나에게 겁먹지 말고 들어오라고 말하더니 엎드린 채로 편히 물 위에 떠다녔다. 나도 수영복으로 갈아입고 물 안으로 들어갔다. 저절로 발이 떠올랐다. 깊은 데까지 들어가면 더 재미있긴 하겠지만, 물이 입이나 눈에 들어가면 위험하니 주의하라고 말하며 에릭이 나를 더 깊은 곳까지 데리고 들어갔다. 깊은 곳에서도 편안하게 떠 있는 것은 물론 가볍게 걸을 수도 있었다. 수영을 못 해도 이렇게 몸을 마음대로 가눌 수 있다니! 의자도 뜨고 그 위에 앉아 신문까지 읽을 수 있는, 티비에서만 보던 사해에 내가 몸을 담그고 있다니!

에릭은 어린아이처럼 행복해하는 나를 사해의 중간까지 데리고 가더니 내게서 점점 멀어졌다.

"에릭, 나랑 같이 가야지, 날 두고 가면 어떻게 해. 손 놓지 마!"

마음 급해진 내가 목소리를 높였다. 내 말에도 아랑곳 않고 에릭이 내 손을 놓아버리자 나는 겁에 질려 "사람 살려요!" 하고 소리를 질렀다. 다른 쪽에 있던 관광객 몇 사람이 저 여자가 지금 뭐하는 거야? 하는 눈으로 나를 이상하게 쳐다봤다. 수영을 못하기 때문에 몸이 물에 떠 있음에도 불구하고 겁을 쉽게 떨칠 수 없어서 유난을 좀 떨었다. 부끄럽고 창피했지만 잊지 못할 만큼 재미있었던 곳이다.

해가 지는 사해의 모습은 너무나 황홀하고 아름답기만 했다.

자유는 떠난 자만이 만끽할 수 있다.
불안해하고 뒷일을 걱정하는 사람에게
지구는, 우주는 삶의 비밀을 가르쳐주지 않는다.

## 자전거도 신체 검사합니다

이스라엘에서 이집트를 가기 위해 육로로 국경을 통과하는데, 입국 심사하는 사람이 자전거의 가방을 다 분해하고 가방 안을 뒤지는 것으로는 모자랐는지, 자전거를 엑스레이 기계 같은 곳에 올리라고 했다. 에릭의 자전거가 너무 커서 들어가질 않자 그냥 넘어갈 줄 알았는데 바퀴를 빼라는 것이 아닌가. 더워죽겠는데 까다롭게 구는 심사원을 때려주고 싶었지만 입국심사대에서 반항하는 것은 위험한 일임을 잘 알고 있었기에 시키는 대로 따랐다. 그들은 자전거와 짐을 샅샅이 조사한 후, 우리를 따로따로 인터뷰 하더니 입국을 허가해 주었다. 절차가 까다로웠지만 내가 늘 오고 싶었던 이집트에 드디어 도착해서 기분이 좋았다.

여행책에는 이집트의 종교가 이슬람인 터라 여자들의 인격이 거의 무시되어 있다고 했다. 이집트 여자들에게는 제약이 많아서, 몸은 조금이라도 노출해서는 안 되며, 남자들과 대화하는 것도 금지되어 있다는 것이다. 그러면서 일부 몰지각한 유럽인들이 관광객으로 와 문화를 흐려놓고 있다며, 이집트에 온 여성 여행자들은 특별히 옷차림에 신경을 써야 한다고 했다. 또한 "이집트에 온 만큼 신체를 노출하지 않는 것이 기본적인 예의가 아닐까?"라고도 쓰여 있었다. 나는 그 지은이의 말에 공감했기 때문에, 그 더위를 참으며 이집트의 문화를 존중하려고 소매가 긴 티셔츠와 긴 바지로 갈아입었다.

하지만 막상 마주치는 것은 관광객을 가득 실은 버스와 홍해를 찾아온 관광객을 위해 건설 중인 호텔의 노동자들 정도였다. 갑자기 내가 꼭 긴 소매 옷과 바지를 입고 고생을 해야 되는가? 하는 회의가 들었다. 한증막이 따로 없었기 때문이다. 이런 조건에서 사는 여성들이 불쌍하다는 생각이 들었다. 군데군데 베두인들의 모습이 보였다. 여자들은 정말로 머리에서부터 발끝까지 칭칭 감은 채 눈만 내놓고 다녔다. 우리랑 눈이 마주치니까 얼른 고개를 돌렸는데, 정말로 거지가 움막을 지어 놓고 사는 듯한 불쌍한 모습이었다. 이스라엘에서 예루살렘으로 내려오는 길에 그렇게 사는 모습을 보기는 했지만 참 세상도 불공평하다는 생각이 더 많이 들었다.

해가 져도 푹푹 찌는 날씨는 매한가지였다. 드디어 우리가 찾던 캠프에 도착했다. 다른 곳들이 그랬듯 이곳도 겉모습이 너무나 으스스 해서 또 숙소가 낭패구나 하고 실망하려던 찰나, 의외로 깨끗한 화장실, 방갈로식으로 잘 수 있는 자리, 가정적인 식당 등 갖추어질 것이 모두 다 있어서 기뻤다. 우리는 바닷가 바로 앞에 텐트를 쳤고 저녁식사를 예약했다. 샤워를 한 뒤 식당으로 가니 저녁을 먹기 위해 모인 사람들 대부분이 유럽인이었다. 한국처럼 커다란 밥상에 둘러 앉아 식사를 했다. 우리는 오랜만에 독일 관광객을 만났다. 이집트에 대한 이야기가 화두였고 여러 여행자들을 통해 책 내용과는 아주 다른 이야기도 많이 들었다. 자전거 여행이 어렵다는 말에는 나도 모르게 고개가 끄덕여졌다.

이집트에서는 되도록 힘들어도 물이랑 장비를 튼튼하게 갖추어서 강행군을 하려고 마음을 먹었는데, 어느 여행객이 이집트는 이스라엘보다 위험하다고 말했다. 대부분이 동감하는 눈치였다. 기대가 크고 계획이 많을 때마다 꼭 이런 식으로 내 계획을 가로막는 일이 생기곤 했다.

침울해 있는데, 누군가가 그래도 좋은 소식은 있다며 분위기를 전환시켰다. 그러면서 하는 말이 오늘처럼 무조건 긴 소매에 긴 바지 차림을 할 필요는 없다는 것이다. 외국인이기 때문에 몸을 너무 많이 노출하지만 않으면 된다고 했다. 나는 웃으며 고맙다고 말했다. 국경에서 캠프까지는 몇 시간 안 되는 거리였지만 사실 하루 종일 긴 소매 옷을 입고 있느라 팔에 땀띠가 나 있었다. 이곳에 있는 동안 계속 같은 옷차림을 해야 된다면 무슨 방법을 찾아야겠다고 생각하던 참이었는데, 마침 희소식이었다.

캠프 사람들은 다들 안정을 취하러 온 관광객들이라 캠핑장은 아주 조용했다. 꽤 오랜만에 고요한 시간을 보내며 별을 볼 수 있었다. 소원을 빌며 잠들 수 있는 아늑한 밤이었다.

## 무서운 것도 못 하는 것도 너무 많구나

캠프 앞에 있는 바다에는 물안경을 끼고 들어가면 산호초를 볼 수 있었다. 휴식을 취하기에는 너무나 평화로운 곳이었고 캠프 시설도 깨끗했다. 분위기도 좋았다. 며칠 쉬면서 주변에 있는 관광지를 둘러보기로 했다.

에릭은 예쁜 산호초와 신비하게 생긴 물고기가 가득한 바닷속 풍경이 너무 아름답다며, 옆에서 지켜줄 테니 함께 들어가 보자고 했다. 에릭의 밝은 표정을 보니 호기심이 났지만, 겁이 났다. 사해에서처럼 겁 많은 나를 놀리지 않겠다는 약속을 단단히 받고 나서야 약간의 보호장비를 갖추고 그와 함께 바다에 들어갔다. 그런데 예쁘다는 고기들은 보이지 않았고, 꿈틀거리는 산호초의 모습이 낯설고 징그러워 소름이 끼쳤다. 결국 오래 있지 못하고 얼굴을 물속에서 빼고 말았다. 에릭은 더 깊이 들어가면 예쁜 고기를 마음껏 볼 수 있다고 권했지만 처음 본 산호초가 징그럽게만 느껴지는데다 수영도 못 하니 엄두가 나지 않았다. 캠핑장 가격이 저렴하고 분위기도 좋아서 일부러 이 바닷속 풍경을 보러 오는 사람들도 있다지만 내 취향과는 맞지 않는 것 같았다. 나는 남들이 다 하는 일이라고 해서 겁나고, 싫고, 징그럽다고 느끼는 것을 굳이 할 필요는 없다는 생각에 더 들어가기를 포기했다. 단지 저녁에 캠핑장 사람들이 바닷속 풍경 이야기를 할 때 대화에 낄 수 없다는 것이 아쉬울 뿐이었다. 나는 조용히 그들 곁에서 누가 오늘 어떤 물고기를 보았는지, 어느 곳으로 가면 파손되지 않은 산호초를 볼 수 있는지 같은 이야기를 듣고만 있었다. 그러다 내가 수영도 못하고 산호초도 무서워

한다고 고백하니, 다들 놀란 눈치였다.

조금 무안했고 속상하기도 했지만 어쩔 수 없는 일이었다. 난 왜 이렇게 못하는 것도 많고, 겁도 많은지. 낯선 자연에는 관심이 부족한지 생각해보는 계기가 됐다. 다른 사람들에게는 아름답기만 한 산호초가 내 눈엔 무섭게만 느껴지니. 참, 나란 사람은 왜 이렇게 다를까?

## 이 맛에 여행을 하는구나

돌에 각양각색의 무늬가 있어 형형색색으로 변한다는 신비로운 협곡 이야기가 나왔다. 캠프에서 일곱 명이 그룹을 만들어 차를 예약하면 방문할 수 있다고 하여 마음 맞는 사람들끼리 팀을 만들었다. 우리를 데리러 온 운전사는 머리에 두건 같은 것을 쓰고 전통의상을 입은 특이한 모습으로 우리를 반겼는데, 그가 운전하는 차가 꽤 낡은 것 같아 우리 부부를 비롯한 유럽 관광객들은 꽤 걱정스러운 얼굴이었다. 우리 중 한 사람은 그 차가 너무 낡고 위험해 보여서 본인은 투어를 하지 않겠다고 할 정도였다. 운전사는 겉모습만 낡았을 뿐, 내부 부품들은 모두 성능 좋은 것들이니 걱정하지 말라고 우리를 안심시켰다. 독일 차를 기대한 것은 아니지만 협곡으로 가는 길에는 모랫길도 있는데 정말로 괜찮을까? 나도 슬쩍 걱정이 되었지만, 일단 그의 말을 믿고 차에 올랐다.

나는 쉽게 멀미를 하는 체질이라 앞자리에 앉을 수 있도록 양보를 해 달라고 사람들에게 양해를 구한 뒤, 운전사 옆에 앉아 아름다운 자연경관을 감상했다. 정말로 차는 아무 문제가 없이 자갈길과 모랫길을 잘 달렸다. 협곡 근처에 도착해서는 조금 걸어야 했다. 나를 제외한 사람들은 좁은 뒷자리에 붙어 앉아 험한 길을 달린 탓에 조금 지쳐 있었다. 20분 정도를 걸으니 서서히 좁은 산줄기가 보였다. 신비스러운 일이 벌어질 것 같았다.

협곡 앞에서는 모두가 입을 다물지 못했다. 이번에도 감탄사 말고는 표현할 말이 없었다. 글로도 사진으로도 옮겨 담을 수 없는 풍광이었다. 꼭 눈으로 보아야지만 그 느낌을 알 수 있는 협곡! 두 시간쯤 협곡을 투어를 했는데 돌로 길이 막힌 곳도 있었고 좁거나 낮은 통로도 있어서 뚱뚱한 사람이나 에릭처럼 키가 큰 사람에게는 쉬운 투어는 아니었다. 그래도 가는 곳마다 신비로움 자체여서 힘들다는 생각은 좀처럼 들지 않았다. 세계 각국에서 사람들이 몰려든 바람에 걷는 속도를 맞추어야 해서 불평하는 사람도 있었지만 나는 오히려 천천히 걸으며 그 웅장함을 감상할 수 있어서 좋았다. 기후에 의해 돌에 각양각색의 무늬무늬가 생기다니, 자연에게 선물을 받은 것 같아 황홀했다.

하루 종일 앉아서 그 돌의 무늬를 감상하고 싶었지만 함께 온 일행 중에는 그 모습에 반하지 않았는지 빨리 캠프로 돌아가고 싶어 하는 이도 있었다. 자전거로 협곡까지 올 수 없는 도로 상황이 안타깝기만 했다. 긴 시간 동안 감상하지는 못했지만, 자연의 힘이 얼마나 대단한지, 그리고 또 그 모습이 얼마나 웅장한지 실감할 수 있어서 감사했고 여행의 보람을 새삼 느꼈다.

## 사막의 어린 왕자? 어린 악마!

우리가 있는 곳에서 다합까지의 거리는 70킬로미터 정도였다. 오전 일찍 떠나야지만 힘든 경사를 그나마 덜 힘들게 넘을 수 있다고 했다. 특히 조심해야 할 것은 이 구간은 베두인 아이들인데, 여행객에게 돌을 던지거나 물건을 훔쳐가는 일이 잦다고 했다. 어떤 자전거 여행객은 아이들이 자전거 휠에다 딱딱한 나무 막대를 걸어 넘어지는 바람에 아주 큰 사고가 났다는 이야기를 들었다. 그래서 아이들 무리가 있을 때는 각별히 조심을 해야 한다는 것이었다.

사막지대라서 그런지 이른 시간에도 볕이 따가웠다. 차를 타고 이 길을 지나갈 때는 아주 쉽게 느껴졌는데 한 20킬로미터 달리고 보니 숨이 가빴다. 온도는 이스라엘보다 낮지만, 체감온도가 높은 듯 했다. 어쩌면 며칠 동안 푹 쉬는 바람에 몸이 더 힘들다고 느꼈는지도 모르지만 말이다. 쉴 만한 곳을 찾아보려 했지만, 그늘이 없었다. 끝이 어딘지 가늠이 안 되는 지겨운 모래뿐이었다. 전방에는 캠프 사람들이 말한 오르막이 보였다.

천천히 올라갈 준비를 하고 있는데 갑자기 무엇인가가 내 등을 때렸다. 웬 남자아이 셋이 자전거에 부착해 둔 거울에 비쳤다. 아이들은 낄낄대며 돌멩이를 또 쏘아 보내려고 폼을 잡고 있었다. 다행스럽게도 에릭이 나보다 먼저 그 광경을 보았고, 내 쪽으로 와서는 아이들에게 맞서 돌멩이를 던지면서 그 아이들 쪽으로 질주했다. 세 녀석은 꽁지가 빠져라 사막으로 도망갔다. 에릭과 나는 간격을 좁혀 달리면서, 돌멩이를 가지고 있다가 아이들이 접근해 오면 던질 준비를 했다. 캠프 사람들이 주의하라며 알려 줄 적에는 설마하니 아이들이 그렇게 못되게 굴까! 하며 대수롭지 않게 여겼는데, 그들의 말은 사실이었다. 또 주의할 것이 없나 하고 캠프 사람들과의 대화를 곱씹으면서 오르막을 오르는데, 어디에 숨어 있었는지 이번에는 여자아이들까지 합세를 해서 열 명 정도가 습격하듯이 우리에게 달려들었다. 어떤 아이는 에릭의 자전거 트레일러에 올라타 가방을 만지는 대범함을 보였다. 여자아이들은 나에게 매달려 구슬로 만든 팔찌나 목걸이를 내밀며 그것을 사달라는 시늉을 했다.

아이들은 우리의 정신을 쏙 빠지게 만들었다. 우리는 목소리를 높여 아이들을 쫓아내려고 했다. 실랑이는 30여 분간 지속됐다. 아이들은 흥미가 떨어졌는지 하나둘씩 돌아갔고, 두 녀석이 끝까지 남아서 내 자전거에 매달린 가방을 붙잡고 움직이지 못하게 방해했다. 캠프 사람들이 말한 것처럼 사탕이나 돈을 조금 준비했다가 주고 바로 떠났으면 되었을지도 모르지만, 에릭은 그런 방법에 동의하지 않았다. 관광객들이 아이들에게 돈이나 사탕을 주면 아이들은 결국 동냥이나 약탈이 나쁘다는 인식을 하지 못하게 된다는 게 이유였다. 더구나 사탕 같은 군것질꺼리는 건강에도 좋지 않아 안 된다는 것이었다. 그래서 우리는 돈이나 사탕 같은 것은 준비하지 않았고, 덕분에 더 오래 낭패를 당했다.

마지막 두 녀석까지 쫓아내고서야 이제 해결이 되었구나 싶어 힘들게 페달을 밟는데, 자전거에 무엇인가가 부딪혀 탕 소리가 났고 등 뒤도 따끔했다. 쫓겨났던 아이들이 숨어서 우리에게 돌을 던지는 것이었다. 가던 길을 멈추면 아이들이 또 달려들 테니 절대로 멈추면 안 되겠다는 생각이 들었다. 에릭과 나는 온 힘을 다해 그 장소에서 벗어나려 했다. 생각만 해도 끔찍했다. 이 사건 이후로 '사막의 아이'라고 하면 '사막의 어린 왕자'를 떠올리는 대신에 경기부터 난다.

## 슬픈 이집트

카이로로 가는 길은 사막의 연속이었다. 이틀간 사막을 달렸더니 힘들어서 서로에게 짜증만 내게 되었다. 더군다나 언제 또 어디서 아이들의 습격을 받을지 몰라 긴장한 탓에 겁이 났다. 중간에 숙소도 없어서 별 수 없이 사막에서 노숙을 했다는 영국 자전거 여행객의 이야기가 생각났다. 나는 도저히 그런 생활은 하고 싶지 않았다. 에릭은 도전해 보는 쪽으로 나를 설득하려 들었고 난 완강하게 거절했다. 버스를 타고 카이로로 가자고 그에게 말했다. 다행히도 다합에서 직접 가는 버스가 있었다. 버스에 자전거 두 대와 트레일러를 싣는 것도 고생스러웠지만 중간에 휴게소랍시고 선 곳의 화장실은 구더기가 득실거려 들어갈 엄두가 나지 않았다. 영화에서만 보던 그런 곳이었다. 게다가 다합에서 물을 잘 가려 먹으려고 노력했는데 식당 사람들이 소금물로 음식을 했는지 속이 부대꼈다. 배탈이 날까 봐 약까지 챙겨 먹었더니, 이건 여행이 아니라 고생바가지인 것 같아서 정신이 없었다.

아홉 시간을 기진맥진해서 겨우 카이로에 도착했다. 그곳의 번잡함은 말로 표현할 수가 없는 상태였다. 어디든 사람들이 벌떼처럼 몰려 있어 이동이 쉽지 않았다. 날은 어두워지는데 엎친 데 덮친 격으로 우리가 예약한 숙소에서 제일 가까운 터미널인 줄 알고 내린 곳이 엉뚱한 곳이었다. 자전거에 올라탈 힘이 한꺼번에 빠져 나가는 것 같았다. 그 많은 교통량과 혼잡함 속에서 자전거로 이동한다는 것은 자살시

도나 마찬가지인 것처럼 느껴졌다. 차량을 이용해 호텔까지 가야겠다고 생각했는데, 마침 택시기사가 오더니 목적지가 어디냐고 물어왔다. 이곳은 본인이 잘 아는 지역이라며 10파운드만 주면 데려다 주겠다고 했다. 다행히도 택시 위에 짐을 실을 수 있어서 택시 위에 자전거를 아슬아슬하게 묶어 놓고 숙소로 향했다. 얼마쯤 길을 가던 택시기사는 우리가 가려는 숙소는 비싸고 본인이 아는 호텔이 더 싸다며 자꾸 그 호텔을 권했다. 에릭이 그의 제안을 완강하게 거절했더니 포기를 했는지 예정된 숙소로 가 주었다. 그런데 호텔 앞에 도착하더니 40파운드를 줘야만 자전거를 내려주겠다며 태도를 바꾸었다. 당신이 떠날 때 10파운드라고 하지 않았느냐, 그 이상은 줄 수 없다고 에릭이 따지자 오히려 얼굴을 붉히며 정신 나간 사람이나 10파운드를 받고 이 먼 거리를 온다며 화를 냈다. 마침 호텔의 지배인이 실랑이 중인 우리를 발견하고 경찰을 불렀고, 경찰은 우리에게 10파운드를 받아 택시기사에게 주며 뭐라고 소리를 질렀다. 기사는 이내 씩씩거리면서 자리를 떠났다.

호텔 지배인은 카이로의 사람들에 대해서 설명했다. 소매치기가 많으니 길을 걷다 말을 붙여오는 사람들을 경계하라는 것이었다. 그리고 어려운 일이 생기면 무조건 경찰에게 협조를 구하는 것이 최선이라고 했다.

호텔에 들어가니 우리처럼 자전거로 세계 여행을 하는 스위스 부부가 있었다. 그 부부는 이집트 전체가 사기와 기만으로 얼룩졌다며 치를 떨었다. 이집트인들은 금발 여자들을 농락의 대상으로 삼으며, 몸이라도 한번 만져 보고 싶어 해서 거리를 다니면 슬쩍 자신을 만지는 사람들이 있다고 불쾌해했다. 그 말을 한 사람의 이름은 베티나였는데, 짧은 머리에 겉모습이 남자 같은데도 이집트 사람들의 행동 때문에 겁이 나서 바깥에 나가지 못할 정도가 되었다고 했다. 그러면서 카이로에 고대 유적과 볼거리가 많은 것은 사실이지만 사기와 추행, 도둑질 등 불쾌한 일이 많아서 일정을 당겨 곧 이집트를 떠난다고 말했다.

그 사람들의 경험이 우리와 딱 맞아떨어진 것은 아니지만 며칠간 카이로에 있으면서 우리가 경험한 것도 크게 다르지 않았다. 그나마 내가 동양인이라 베티나 같은 수치스러운 일은 겪지 않았다. 내가 와 보고 싶었던 나라의 사람들 모습이 이렇다니 조금 슬펐다.

사막이 아름다운 이유가
어딘가에 오아시스가 있어서인 것처럼
지구가 아름다운 이유는
어딘가에 착한 사람들이 살고 있어서이다.

## 도시를 벗어나

카이로를 빠져 나오는 길은 만만치 않았다. 새벽 다섯 시인데 그 많은 사람들과 차량이 어디로 달리고 있는지 정신이 하나도 없었다. 카이로를 벗어나면 나일 강을 따라 여유롭게 달릴 수 있을 거라는 기대는 완전히 빗나갔다. 도시는 매연으로 가득 차서 내 눈앞에 펼쳐진 것이 매연이 아니라 안개라는 착각이 들 정도였다. 차들이 워낙 무질서하게 달려서 자전거로 이동하는 우리는 정신을 더욱 바짝 차려야 했다.

카이로와 멀어지면 멀어질수록 차량이 적어졌고 사람들의 옷차림도 유럽의 유행과는 거리가 먼 전형적인 이집트식 옷차림이었다. 소나 양 같은 짐승들이 우리와 함께 도로를 다녔고, 농촌의 남자들은 끼리끼리 모여 게임이라도 하는지 무리를 지었다. 길에서 여자들을 찾아보기는 쉽지 않았다. 아직 문명화가 많이 되지 않은 모습이었다.

길 위의 사람들은 자전거를 탄 우리가 옆으로 지나가면 일제히 고개를 들고 우리를 쳐다보았다. 나를 보는 시선에는 많은 의미가 있는 듯했다. 아니 여자가 어떻게 자전거를 탈 수 있지? 하는 표정도 있었고, 얼굴색이 다른 그와 내가 함께 자전거로 달리는 모습을 낯설어하는 눈빛도 있었다. 자전거에 주렁주렁 가방을 달고 다니는 것이 그들에게는 흥미진진해 보이는 것 같기도 했다. 에릭이 지나가는 사람을 붙잡고 길을 물을 때면 기회는 이때다 싶은지 다들 몰려 와서 자전거를 만져 보거나 가방을 두드려 보았다. 나는 항상 뒤에서 그 모습을 지켜보는 역할이었다. 듣기에는 남편이 옆에 있으면 절대로 부인에게 함부로 말을 걸지 않는 것이 이집트 농촌사람들의 문화이라는 말을 듣기는 했지만, 내가 그들의 눈에는 안 보이는 존재가 된 것 같다는 착각이 들 정도가 되니 조금 서운하기도 했다. 내가 여자라서 날 무시하는 건지, 아니면 정말로 예의를 갖추어 준 것인지.

계속 그렇게 아름답고 평화로운 농촌을 따라 달리면서 사람들과 만나고 그들이 사는 모습을 더 지켜볼 수 있었으면 좋았겠지만, 길이 고속도로로 보이는 넓은 길과 갑자기 연결되어 있었다. 짐을 잔뜩 실은 나귀, 걷는 사람, 소, 자전거를 타는 이집트인들, 단속을 하는 중인 듯 서 있는 경찰들, 그리고 비상도로에서 영업 중인 장사치들까지. 정신이 하나도 없었다.

그렇게 하루를 달리고 저녁에 씻으려고 얼굴을 보니 얼굴이 새까맣게 변해 있었다. 자동차의 매연 탓인지 얼굴에는 온통 먼지가 붙어 있었다. 지저분함의 극치였다. 저녁에 누워서 오늘 달려온 길을 생각하니 스스로가 너무나 대견했다. 내게서 이런 모습을 볼 수 있다는 것이 기뻤다. 이집트 사람들의 진짜 모습을 가까이에서 체험한 것 같은 느낌이 들기도 했다. 카이로에서 느끼지 못했던 사람들의 순수성도 직접 느끼게 되어 뿌듯했다. 삭막한 카이로를 벗어난 뒤 만끽하게 된 순수한 사람들과의 만남은 참 소중했다. 대부분의 관광객들이 이름난 지역만 돌아보고, 못된 사람들에게 질려서 이집트인들을 일반론으로 이야기했는데, 이 부분은 여행자들이 고쳐야 할 부분인 것 같다.

## 아스완에서 우화등선을 꿈꾸며

스위스 부부의 충고도 있고, 너무 힘들게 자전거로 이집트 투어를 한 탓에 자전거를 호텔에 맡겨두고 열네 시간 동안 밤기차를 타고 아스완으로 떠났다.

아스완도 이집트의 관광지이지만 카이로와는 확연히 달랐

다. 조용했고 야자수가 많았다. 무엇보다도 세계에서 가장 길다는 나일 강을 볼 수 있었다. 시장의 모습도 특이했다. 지저분한 것만 빼면, 다양한 물건과 사람, 동물들을 볼 수 있었는데, 거기서 이게 진정한 이집트의 모습이라는 생각이 들었다. 관광객이 많이 찾아오는 곳이라서 상인들은 손님을 잡으려고 온갖 노력을 다했다. 성가시기보다는 오히려 하나라도 더 팔기 위해 보여주는 익살스러운 행동들이 인상적이었다. 하지만 우리는 물건을 살 사람으로는 안 보였는지 아무도 우리를 귀찮게 하지 않았다.

아스완은 '펠루카'라는 배를 타고 나일 강 투어를 하는 곳으로 잘 알려져 있다. 이것 때문에 관광객이 몰리고, 주위의 유적지도 덩달아 인기가 좋은 편이었다. 펠루카는 이집트 특유의 배로, 4.5미터 높이의 돛단배이다. 나일 강을 터전으로 삼은 이집트인의 생활필수품을 나르던 배이자 나일 강을 오르내리는 신성한 배로 여겨졌다. 이 배에 오를 수 있는 투어 인원은 일곱 명인데, 이틀간 배 안에서 먹고 자면서 룩소르로 향했다. 우리와 함께 배를 탄 사람들은 일본 남자아이 둘이었다. 인원도 적고 우리에 비해 나이가 너무 어린 것 같아 살짝 실망스러웠지만, 일곱 명이 꽉 찬 다른 배를 보니 자리가 비좁아서 고생스러워 보였다. 펠루카는 선장이 직접 손으로 노를 저어서 몰고, 선장이 음식을 할 때는 우리가 선장의 지시에 따라 노를 저어야 했다. 선장이 노 젓는 것을 구경할 때는 쉽게만 보였는데 막상 해 보니 낯설고 쉽지 않았다. 배가 자꾸 엉뚱한 방향으로 가는 바람에 깔깔거리느라 어느새 한 가족처럼 지내게 되었고, 그 시간은 꽤 재미있었다.

음식을 할 때는 선장을 도와야 했다. 이집트에서 가난한 사람들이 먹는 음식이지만 보편화된 것이라고 선장이 음식에 대해 설명을 해 주면서 요리법도 일러 주었다. 일단 음식에 들어갈 쌀의 절반을 기름에 볶은 후 조그마한 국수도 볶아낸다. 나머지 생쌀을 냄비에 물과 함께 넣고 한참 끓게 놔두면 밥과 국수가 되는데, 여기에 각종 야채를 넣고 다시 볶아낸 후 토마토소스를 넣고 한참 끓인다. 이러면 꼭 찌개처럼 되는데, 별 것 아닌 것처럼 보여도 꽤 맛이 좋았다. 하루종일 한 것도 없는데, 다들 뱃속에 거지가 들어가 있는지 아니면 걸신이 들렸는지 밥을 해 놓을 때마다 순식간에 사라졌다. 일본 남자아이 둘은 배 투어에 대해서 조금 알고 있었으면서도 간식을 챙겨오지 않아 출출할 때마다 내 간식을 나눠줘야 했다. 내가 끼니때마다 먹을 것을 주니, 나더러 누나 같은 엄마라나?

밥 먹고, 휴식하고, 차 마시고, 자고. 일어나서는 카드놀이 하고, 책 읽고……. 배 안에서는 자기가 하고 싶은 대로 시간을 보내면서 파괴되지 않은 나일 강의 모습을 감상했다. 마음속에 여유가 찾아오는 것 같았다.

## 어딜 가든 있는 것, 바가지와 인정

어느 나라이고 관광지에 가면 바가지를 쓰게 된다. 이따금 사기를 당한 느낌도 들기도 한다. 펠루카를 타기 전에 선장은 분명히 룩소르까지 데려다 준다고 했는데, 관광객들이 이곳 지리를 잘 모른다는 점을 이용해 우리를 아무 데나 내려주려고 했다. 목적지까지는 반나절을 더 가야 하지만, 물결이 세서 끝까지 다 가지 못했다며, 2박 3일짜리 투어를 해 주었으니, 이 지점에서 투어를 마치겠다고 했다. 우리가 탄 배뿐 아니라 다른 펠루카들도 마찬가지였다. 근처에 택시를 불러 놓았으니 저렴하고 빠르게 룩소르까지 가든가, 돈을 더 지불하고 펠루카를 타면서 여행을 마치든가 선택하라고 했다. 우리는 너무 화가 나서 일본아이들에게 우리끼리 마을로 들어가 택시를 잡아타자고 했다. 그들도 동의했고 선장에게 우리 입장을 확실하게 전했다. 이틀 동안 선장이 베풀어준 친절이 모두 연극이었다고 생각하니 실망스러웠다.

선장은 말을 바꾸었다. 마을로 나가는 길은 험하고 밖으로 나가 보았자 택시도 없다는 것이었다. 우리는 펠루카에 더 지불할 돈이 아깝기보다는 사람을 그런 상황으로 몰아넣어서 이중 장사를 하려는 속셈에 마음이 상해 펠루카를 타고 싶지 않아졌다. 하지만 선장 말처럼 마을로 갔는데 정말로 교통편이 없으면 어쩌나, 마을이 생각보다 멀면 어떻게 하나 싶어 걱정이 되기도 했다. 나는 에릭에게 사기를 당하는 느낌이 들더라도 다른 관광객과 함께 펠루카를 타자고 했지만 그는 죽어도 그렇게는 못 하겠다고 버텼다. 그 순간, 우리와 생사고락을 함께 하겠다던 일본 아이들이 선장의 말이 끝나기가 무섭게 펠루카를 선택했다. 그들이 바라지 않았던 호의였을지는 몰라도 배에서 함께 지내는 동안 진심으로 누나처럼 끼니때마다 챙겨주고 먹을 것도 나누어 주었건만. 힘들어도 자기들을 배려했건만!

서운한 마음과 불쾌함이 겹쳐졌다. 나는 그들이 떠나든지 말든지 얼굴도 보지 않았다. 완전한 배신이라고 생각했다. 운전사는 우리를 어떻게든 데려가려고 온갖 방법을 다 썼지만 소용없었다.

결국 우리 둘만 떨어져서 배낭을 메고 길거리로 나왔다. 길에는 바로 택시가 있었다. 한창 세차 중인 택시 기사에게 가격을 물으니 펠루카 일당이 우리에게 요구한 값의 절반이었다. 세차가 끝나면 금방 갈 수 있다기에 기다리고 있는데, 우리와 노선을 달리한 다른 관광객과 일본 아이들을 태운 차가 우리를 발견했다. 펠루카 선장과 동업을 한 듯했던 택시 기사는 마지막 호의라며 함께 가자고 또 우리를 꼬이려고 했다. 우리는 타고 갈 택시가 있다고 냉정하게 말했다. 그러자 그 못된 운전사가 내려서 우리가 타려는 택시의 기사에게 가더니만 이야기를 나눴다. 대화는 오래 가지 않았다. 이야기를 마친 못된 기사는 우리에게 택시는 택시만의 규율이 있다며 저 택시는 우리를 태우지 않을 것이라고 했다.

세차를 거의 마친 운전사는 우리에게 오더니, 정말로 미안하다며 본인은 우리를 데리고 가지 못한다고 했다. 우리를 태우면 본인에게 피해가 온다는 말도 덧붙였다. 우리가 실망한 기색을 보이자 한 10분쯤 걸어가면 시민들이 타고 다니는 조그마한 차가 있으니 그걸 이용하라고 조언해 주었다. 택시보다도 요금이 저렴하다며 한 번 더 사과를 했다.

우리는 작정하고 10여 분을 걸었다. 그런데 우리에게 다가오는 아이들이 있었다. 다 찢어진 옷을 입은 아이들이었고, 남자아이들 중에는 눈물과 콧물 범벅이 된 아이도 있었다. 호기심에 찬 그들의 얼굴, 특히 아이들의 순진한 얼굴이 마음에 닿았다. 말이 통하질 않으니 손과 발로 얘기를 할 수밖에 없었다. 우리 목적지를 겨우 설명하고 땅에 자동차를 그렸더니 기다리라는 표시를 해 주었다. 어떤 아이들은 우리 키 차이가 재밌었는지 저들끼리 손으로 크고 작다는 표현을 하며 킥킥 웃었다. 또 어떤 아이들은 물을 마시라고 갖다 주기도 했다. 마음은 고마웠지만 배탈이라도 날까 봐 걱정이 되어서 거절할 수밖에 없었다. 그들이 베푸는 호의를 무시하는 것 같아서 미안했다. 하지만 여행 중 들은 이야기 중에는 아이들이 물 안에 나쁜 것을 타서 여행자의 물건을 빼앗아 간다는 이야기도 있었고, 위생문제 때문에 언젠가처럼 설사를 하게 될지도 모른다는 생각이 들어 거절할 수밖에 없었다. 내 고민은 분명히 꽤 많은 관광객들의 공통된 고민이기도 할 것이라는 생각이 들었다. 호의를 거절하기는 미안하지만, 그렇다고 마음이 놓이지도 않으니 난감하기만 했다. 일부 나쁜 사람들 때문에 순진하고 착한 사람들의 마음까지 거절해야 해서 미안했다. 조금 기다리니 조그마한 차량이 도착했다. 차에 우리가 올라타니, 우리에게 조금이라도 불편을 주지 않기 위해 본인들은 다닥다닥 붙어 앉았다. 우리에게는 편안하게 앉으라며 호의를 베푸는 것이었다.

준비된 차를 타고 갔더라면 조금은 편안하게 목적지에 도착했을지도 모른다. 하지만 우리는 그들의 삶을 직접 체험했고, 관광지에서 경험한 사람들의 못된 마음과는 전혀 다른 아름다운 마음씨를 알게 되어 의미가 깊었다.

## 낙타의 눈을 가진 소년

룩소르에 도착해 보니, 피라미드 주위에는 낙타 상인들이 많았다. 주의하지 않으면 바가지를 쓰게 되니, 택시를 탈 때부터 이야기를 확실히 해야 된다는 충고가 기억났다. 하지만 우리 둘이서 정신을 똑바로 차리고 똑똑하게 대처하려고 해도 소용없었다. 택시기사가 우리를 내려 준 곳은 역시 낙타 상인의 집이었고, 화를 내도 들어주는 사람이 없었기 때문이다.

그들이 원하는 낙타 가격은 처음에 상당히 높았다. 우리는 반으로 흥정을 하고 몇 분 동안 타니 마니 실랑이를 벌이다가 결국 낙타를 타기로 했다. 나는 워낙 동물에 겁이 많다. 낙타를 조정하는 것은 당연히 무서운 일이었다. 하여 한 소년과 함께 낙타를 탔다. 처음에는 낙타가 일어서는데 내가 공중으로 날아가는 것만 같아 놀라서 소리도 지르고 온갖 야단법석을 떨어야만 했다. 낙타를 타고 피라미드 주위와 스핑크스 주변을 돌았다. 피라미드는 책으로 많이 보았기 때문에 특별한 감동은 없을 것 같았는데 그렇지 않았다. 낙타를 타고 그 주변을 도는 내내 자연스레 터져 나오는 그 감탄을 참기가 어려웠다. 어떻게 저 많은 돌들을 쌓아 피라미드를 쌓은 것일까!

피라미드 앞에 내리니 많은 여학생들이 몰려왔다. 함께 사진을 찍자, 사인을 해달라 등 요구사항이 많았고, 나의 머리를 잡아 당겨 보는 사람도 있었다. 그들 중 누군가가 본인들은 종교 때문에 항상 두건 같은 것을 써야 하기 때문에, 자유롭게 머리를 풀고 다닐 수 있는 내가 부럽다고 했다.

종교의 힘이 무엇이기에 한참 멋을 내고 자라야 할 소녀들에게 형벌과도 같은 규율이 있는 것일까. 그들은 왜 자연스레 그것에 순종할까 같은 생각이 들었다.

다시 낙타에 올랐다. 우리는 피라미드와 스핑크스 주변을 좀 더 둘러보다 사막을 달렸다. 처음에는 무서웠지만 소년은 낙타를 다루는 데 능숙해서 금방 안심이 되었다. 좀 더 솔직히 말하면 재미있었다. 소년의 나이는 열 살이었다. 부모님이 누구인지 모른다고 했다. 그저 하루 종일 손님들이 오면 낙타를 태우고 똑같은 장소를 왔다 갔다 하는 것이 전부라고 자기 이야기를 조금 쏟아냈다. 관광객이 없는 시간에는 낙타를 씻기고, 가사일을 돕는다고 했다. 나는 그 소년에게 내가 가진 과자와 사탕을 조금 나눠주었다. 소년은 꼭 며칠 굶은 사람처럼 군것질에 집중했다. 이 일을 왜 하느냐고 물었더니 학교를 가기 위해서라는 대답이 돌아왔다. 그 소년이 보통의 가정에만 태어났어도 기본적인 교육은 받을 수 있었을 텐데. 너무나 안타까운 현실이었다. 이런 소년들이 자라 결국 관광객을 상대로 조금이라도 돈을 더 벌 궁리만 하는 거짓말쟁이가 된다고 상상을 하니 마음이 아팠다. 적은 돈이었지만 용돈으로 몰래 모아 두었다가 먹고 싶은 것이라도 사먹으라고 슬쩍 얼마를 주려는데, 소년은 받지 않겠다고 했다. 어차피 받아도 손님을 내려주고 나면 온몸을 수색 당해서 서비스로 받은 돈이나 물건을 다 빼앗긴다는 것이었다. 어린 소년들을 이용하고 착취하는 그 집단의 사람들이 너무나 미웠다. 소년은 나랑 약속했다. 하루 빨리 그 소굴에서 벗어나 다른 일을 하기로. 그것이 실현 가능한 일이었으면 하고 나는 바라고 또 바랐다.

세계의 여러 어린이 보호 단체들이 노력하고 있지만 여전히 혜택을 받지 못하고 자라는 소년 소녀가 많은 듯해서 마음이 아팠다. 낙타 위의 소년의 모습을 생각하면 아직도 눈시울이 뜨겁기만 하다.

## 자전거와 함께 비행기를 타는 법

이집트에서 케냐로 갈 때는 비행기를 이용하기로 했다. 한 번도 자전거를 비행기에 실어 본 적이 없었기 때문에 에릭은 사전 준비가 철저해야 한다고 바짝 긴장을 했다. 그냥 공항에서 상황에 맞추어 즉흥적으로 대응하고 행동해도 될 것 같은데……. 철두철미한 독일인 근성인지 아니면 융통성이 없는 것인지!

에릭은 티켓을 사기 전에 비행기에 실을 수 있는 기본적인 무게와 자전거 운반 비용에 대해 물었다. 비용이 상당히 들었고, 여행사에서는 어떻게 해서든 적게 낼 수 있는 방법을 찾아봐 주겠다고 약속했다.

공항에서 우리는 남아프리카공화국 출신인 자전거 여행객을 만났다. 우연찮게도 우리와 행선지도 똑같았고 같은 비행기를 이용하는 사람이었다. 혼자 이곳저곳을 내키는 대로 여행하는 사람이었는데, 돈이 없을 때는 그 나라에서 아르바이트도 하며 지냈다고 한다. 그래서 그런지 그의 행색과 자전거가 참 볼만했다.

우리가 항공편을 이용하는 것이 처음인데, 자전거와 짐의 무게가 만만치 않아 경제적으로 그리 넉넉하지 못한 현 상태에서 초과 비용이 걱정된다고 하니, 본인은 이집트를 들어올 때도 비행기를 이용했는데 자전거 비용이나 초과 무게와 관련된 비용을 한 푼도 내지 않았다고 대답했다. 희소식이었다. 너무 걱정할 필요 없다는 그의 말에 살짝 기대를 해 보았지만, 현실은 우리가 바라는 대로 되지 않았다. 우리의 티켓을 구입해 주었던 여행사 직원이 있는 창구로 갔음에도 불구하고, 초과 무게가 70킬로그램이나 되기 때문에 엄청나게 많은 비용을 지불해야 한다는 것이었다. 우리는 경제적으로 여유가 없고, 배가 없어서 비행기를 이용하는 자전거 여행자들이니 편의를 보아 줄 수는 없겠느냐고 애원해 보았지만, 적어도 한국 돈으로 15만 원 정도를 지불해야 한다는 답변뿐이었다.

30분 넘게 실랑이가 이어졌다. 우리는 비행기를 이용 여부를 빨리 결정해야 했다. 나는 에릭에게 끝까지 초과 금액을 내지 않고 버티면 비행기가 떠나기 직전 즈음에는 그들도 지쳐서 그냥 들여 보내줄지도 모르니 기다려 보자고 했지만, 그의 의견은 달랐다. 괜히 시간만 촉박하게 만드는 것은 좋지 못하고, 행여나 초과 금액을 내지 않게 된다고 하더라도 비행기 이륙 시간에 맞춰서 서두르다 자전거가 파손되면 어떡하느냐는 것이었다. 최악의 경우 게으른 이집트 사람들이 다음 비행기로 자전거를 부칠 수도 있다는 말을 듣고 보니 그냥 초과 금액을 내는 편이 현명할 것 같기도 했다. 우리는 하는 수없이 돈을 지불했다.

하지만 그 남아공 자전거 여행객은 돈이 없어서 지불을 못하겠다고 계속 버티고 있었다. 그 모습을 보고 우리는 비행기로 들어와 남아공 자전거 여행객을 기다렸다. 그렇게 걱정을 하고 있는데, 비행기에 손님들이 다 탑승을 하고 한참 뒤에야 마지막으로 헐레벌떡 그가 뛰어 들어왔다. 그러고는 우리에게 고맙다고 인사를 했다. 무조건 돈이 없다며 우기고, 은행의 카드도 작동이 안 되는데 꼭 케냐로 가야 한다며 사정을 하다가 앞서 들어간 우리가 돈을 지불했으니 그들의 일행으로 쳐달라고 생떼를 썼다는 것이다. 비행기를 타지 못하면 큰일이 난다고 요란을 피웠더니 관계자들이 들여보내 주었다고 했다. 그 소리를 들으니 얼마나 속상하고 화가 나던지. 한 푼이라도 아껴야 되는데! 마치 우리가 꼭 내지 않아도 될 돈을 지불한 것 같고, 불공평하다는 생각이 들어 괜한 약이 올랐다. 그 여행자는 우리에게 자기처럼 좀 처량해 보여야 하는데, 우리 자전거가 너무 깔끔하고 좋은 것 같아 보이니까 우리에게는 그렇게 강하게 나왔던 것 같다고 말했다. 그러더니 다음부터는 겉모습을 좀 더 초라하게 하라고 조언까지 해 주었다. 그 사람 말이 아주 틀린 말은 아닌 듯했다. 정말로 우리 자전거는 아주 깨끗하게 잘 손질이 되어 있고, 그 들이 보았을 때도 너무나 특이하게 보이니 아마 우리가 돈이 많은 줄로 착각했는지도 모른다.

“아이고 배 아파! 안 내도 되는 돈을 지불했어!” 하고 투덜대니 에릭은 “자전거 한 대도 아니고 자전거 두 대에 트레일러까지 어떻게 생떼를 부려서 실을 수가 있어. 우리가 한 일이 옳은 거야.” 하며 목소리에 힘을 주었다.

진흙탕 속인들 못 가랴,
불속인들 못 뛰어들랴!
삶이여, 정면으로 오라!
즐겁게 부딪히며 가리라.

## 나이로비에서 진정한 밤을 경험하다

나이로비 공항에 도착하니 비가 쏟아지고 있었다. 우리가 여행하는 시기에는 비가 오지 않길 그렇게 바랐는데, 하느님도 무심하시지! 케냐 사람들은 하늘을 보더니 소나기이고 곧 그칠 거라고 했다. 하지만 그 '곧'이 우리가 생각한 '곧'은 아니었다. 우리는 그 자리에서 거의 한 시간을 기다려야 했다. 그렇게 기다려도 비는 그칠 생각을 하지 않았다. 숙소까지 여행자들을 나르는 봉고차 주인들은 자신들의 차를 이용하라고 권했다. 이집트에서 자전거를 많이 못 탔기 때문에 케냐에서는 야생동물을 보며 자연을 만끽하고 싶었는데, 첫날부터 또 차량을 이용해야 되다니! 낭패가 따로 없었다.

공항에서 나이로비 시내까지는 꽤 먼 거리였다. 비는 더 드세게 내렸고 곳곳에 물이 괴어 있는 모습을 보니 차량으로 움직이길 잘 했구나 싶었다. 안내서에 나온 숙소에 도착해서 깨끗하게 샤워까지 하고 나니 피로가 풀리는 것 같았다. 마침 비도 그쳤다. 주변을 살펴보려고 발코니로 나가 보니 비는 그쳤는데 길은 질퍽해 보였다. 피부색이 까만 사람들이 많이 보였다. 또다른 세상에 왔다는 게 실감났다.

케냐의 길도 잡동사니와 차량, 사람 등으로 복잡했지만 카이로처럼 숨이 막히지는 않았다. 조금 어두워지기 시작하자 가게들은 문을 닫기 시작했고, 거리에 있는 사람의 수도 적어지는 듯했다. 호기심 많은 에릭을 겨우 설득해 숙소로 돌아오니 숙소 주인은 밤이 되면 유흥업소나 식당이 문을 열기는 하지만 자가용을 이용해야 하고, 관광객은 강도에게 좋지 않은 일을 당할 확률도 크다는 사실을 잊지 말라고 했다. 더군다나 밤에는 가로등이 거의 꺼져서 돌아다니기에도 좋은 환경이 못 되니 꼭 필요한 것이 있거나 나갈 일이 있으면 본인하고 함께 가든가 경호원을 동행하라고 했다.

우리는 겁도 없이 그런 나이로비의 밤을 보고 싶어 경호원과 함께 밖으로 나갔는데 정말로 주변이 쥐 죽은 듯 고요했다. 거리는 깜깜했고 아주 큰 호텔 식당을 제외하면 조그마한 식당이나 가게들은 모두 영업을 하지 않았다. 옆을 지나가는 사람들의 발자국과 숨소리가 갑자기 무섭게만 느껴졌다. 혹시나 우리가 관광객인 것을 눈치 채고 못된 짓을 하는 사람이 나타나지는 않을까 하는 생각에 식은땀이 줄줄 났다. 에릭도 겁이 좀 났는지 곧 경호원에게 호텔로 돌아가자고 말했다. 그렇게 나이로비의 밤 구경이 끝났다.

나중에 케냐의 다른 곳을 여행하면서도 느꼈지만, 케냐의 밤은 정말로 고요했다. 왜 이렇게 밤이 고요한가 하고 이곳 사람들에게 물으니, 어릴 때부터 전기 없이 일찍 자던 습관이 남아서라고 했다. 덕분에 우리도 투어를 끝내고 아주 일찍 잠드는 날이 많았다. 때로는 불이 안 들어와서 저녁 일곱 시에 잠을 잔 적도 있었다. 이런 와중에 궁금한 점 하나. 케냐에 밤 문화를 즐기는 남성들은 득실득실 하다는 소문이 있던데, 그렇다면 이들은 다들 어디로 갔을까?

## 하마와의 만남

번잡한 나이로비를 겨우 벗어나니 시골 사람들 사는 모습이 눈에 들어왔다. 조금은 구질구질하게 사는 모습과 길거리에 널린 쓰레기가 인상을 찌푸리게 했다. 하지만 한편으로는 케냐가 아프리카 국가들 중 발전된 나라라고 하지 않았던

가? 그렇다면 다른 나라는 대체 어떻다는 걸까? 하는 생각이 들었다. 그리고 그런 걸 궁금해하고 있는 내가 한심스럽기도 했다. 그나마 위로가 되었던 것은 사람들이 살고 있지 않은 곳의 자연은 너무나 예쁘고 아름다웠다는 것이다.

이곳의 길에 있는 차량은 대부분 사람을 많이 태워서 운송하는 차량과 트럭이었다. 다른 국가들처럼 혼자서 질주하는 자가용은 없었다. 때문에 도로가 무척 한산해 자전거로 달리기 좋았다. 자연을 벗 삼아 달리다 보니 우리가 찾아가는 캠프에 하마 그림이 표시되어 있는 것을 볼 수 있었다.

"어쩌면 저녁에 하마를 볼 수 있을 거야!"

마을로 들어서니 사람들이 떼를 지어 몰려왔다. 하지만 아무도 우리에게 가까이 다가오지 않았다. 그저 먼발치에서 자기들끼리 수군댈 뿐이었다. 우리가 먼저 그들에게 반응하길 기다리는 듯도 했다. 그 광경이 어쩐지 우습고 재미있었다.

에릭이 캠프가 어디냐고 물으니 그들은 합창하듯 대답을 해 주고는 캠프 쪽으로 앞서서 뛰어갔다. 캠프에 도착해 고맙다고 하니 다들 또 약속이라도 한 듯 한꺼번에 돌아가는 모습이 꽤 인상적이었다. 참 재미있는 환영이라는 생각이 들었다. 케냐의 농촌 사람들에게 받은 인상은 까만 얼굴에 새하얀 치아와 눈만 깜박깜박하는 소박하고 순진한 느낌이었다.

캠프는 너무나 조용했다. 유럽인 몇이 눈에 띄었다. 텐트를 치는데 나무에서 새들이 지저귀고 있었다. 그 나뭇잎들의 선명한 색이 눈에 들어왔는데, 어찌도 이리 아름다운지. 순간, 처음 나이로비에 도착해서 고생했던 것들과 캠프까지 오느라 쌓였던 피로가 단번에 풀리는 기분이었다. 어쩌다보니 옆에 자동차를 가지고 온 스위스 인 부부와 서로 이야기를 나누게 되었고, 그러다보니 자연히 서로의 여행담도 나누게 되었다. 그들은 봉고차를 개조해서 침실로 사용하고 간단한 요리도 해먹을 수 있게끔 만들어 여행을 하고 있는데, 아프리카만 벌써 몇 번째 방문하여 여행하고 있다고 했다. 우리가 캠핑하고 있는 이곳에서 하마도 여러 번 보았다며 그 느낌이 정말로 신기하다고 전했다.

"날씨를 보니 오늘밤에도 하마가 보이겠네요."

부부가 마치 예언이라도 하듯 말했다. 그런데 그 순간 어두운 강가에 무엇인가 꿈틀거리는 것이 보인다는 것이 아닌가! 그리고 손전등을 켰다. 그리고 정말로 하마의 모습이 눈에 들어왔다. 캠프에 있던 모든 사람들이 하마 근처로 모여들었다. 모두들 하마가 물을 먹는 모습과 풀을 뜯어먹는 모습을 조용히 지켜보았다. 스위스에서 온 부부는 하마에게 너무 가까이 가면 하마가 위협을 느끼고, 방어를 하느라 가까이 다가오는 사람에게 돌진하기 때문에 잘못하면 죽을 수도 있으니 조심해야 한다고 주의를 줬다. 그러면서 아프리카에서 하마에게 다친 여행객 수가 상당하다고 조심스럽게 말했다. 그리고는 하마가 사람으로부터 위협감을 느끼지 않게 적당한 거리를 두고 지켜보아야 한다고 했다. 만약 스위스 부부가 이야기를 해 주지 않았더라면 난 하마를 본다는 사실에 설레 용기를 내어 가까이 갔을 것이다. 그렇다면 꽤 큰일이 났을 테지, 이런 생각을 하고 있는데 나처럼 상식이 없는 어느 여행객이 하마에게 자꾸 다가갔다. 스위스 부부가 그 사람에게 주의를 주려는데, 하마가 그 여행객을 향해 돌진했다. 모든 사람이 놀라 도망쳤다. 멀리서 볼 때는 작아 보이던 하마가 가까이 올수록 너무나 거대해 보였다. 움직임은 느리게 보였건만 그 여행객을 향해 질주하는 하마의 모습은 날쌘 호랑이 같았다. 이내 하마는 멈춰 섰지만, 놀란 사람들 대부분은 그 미국 관광객에게 핀잔을 주었고, 그 사람은 미안한 표정을 지으며 사과를 했다. 다행히도 저녁에 다른 하마도 물에서 나와 풀을 뜯어 먹는 모습을 볼 수 있었고, 처음으로 자연 속에 있는 하마를 생생하게 본 것에 기분이 좋았다.

## 까만 눈, 선한 미소

헬스게이트 자연국립공원에 마사이족이 살고 있다. 그곳에서는 자유롭게 자전거를 탈 수 있다고 해서 짐을 캠프에 두고 자전거만 타고 공원으로 향했다. 별세상이 따로 없었다. 얼룩말들이 뛰어다녔고 사람을 무서워하지 않는 낯선 동물들이 상당히 많았다. 야생동물들에게 아주 가까이만 가지 않으면 된다고 공원 관리인이 알려 주었다. 겁이 많은 나는 성격 때문에라도 그들에게 다가가지 못했다.

동물을 벗 삼아 자전거를 탈 수 있다는 것만으로 감사하며 공원을 돌아보는데 마사이족의 한 남자가 말을 건넸다. 공원에 오는 방문객들을 위해서 마사이 민족들이 공연을 하는데 볼 의향이 없냐는 것이었다. 관광객을 위한 인위적인 프로그램이라는 걸 알기에 우리는 별로 관심이 없었다. 대신에 자연스런 모습과 일상을 보고 싶다고 이야기 하니 부족장에게 일단 물어 보아야 한다며 우리를 그들이 사는 곳으로 안내했다.

그날따라 방문객이 적어서 공연은 없었다. 부족장은 직접 나와서 인사를 해 주고 반갑게 맞아 주었다. 그는 이곳에 오는 관광객 대부분은 자신들의 춤과 쇼에 관심이 있는데, 일상을 보자고 한 우리가 독특하다고 했다.

일반적인 마사이족의 생활은 열악했다. 공원에 살고 있는 마사이족은 그나마 조금 나은 환경이라지만, 집도 여전히 토굴 같았고, 들어가 보면 캄캄한 탓인지 숨이 좀 막히는 듯 했다. 이들은 구슬이나 열매로 장신구를 만들어 파는데 너무나 예쁘고 아름다웠다. 자전거에 짐을 많이 실을 수 있으면 사고 싶은 마음이 굴뚝같았지만, 긴 여행 중에 손상될 것이 분명했기에 조금밖에 살 수 없었다. 조금 미안한 마음이 들었다.

부족장은 우리가 진지하게 이야기를 들으니 관심이 있으면 시골로 들어가 마사이족이 모여서 사는 부락을 직접 체험할 수 있게 기회를 만들어 주겠다고 했다.

처음에 멋모르고 며칠 정도 마사이 민족들과의 경험을 쌓을 겸 지내볼까? 생각했는데 여성과 남성이 따로 잠을 자야 하고 씻을 물도 없다는 등, 여러 가지 상황을 들으니 도저히 견디어 낼 자신이 없었다. 마사이 민족들과 오후 시간을 보내고 헤어졌다. 짧은 만남이었지만 부족장이 내 팔에 걸어준 팔찌와 그들의 까만 눈과 웃는 모습은 인상적이었다.

## 바분 원숭이의 프러포즈

나쿠르 자연국립공원에 오니 많은 야생동물이 습격 위험이 있기 때문에 자전거로는 공원에 들어갈 수가 없다고 했다. 오로지 차로만 입장할 수가 있었다. 이곳은 외국인과 내국인의 입장료도 달랐다. 혹시라도 관광객이 탄 차 중에 빈 좌석 있어 우리를 공원에 데리고 들어가 주면 좋겠다 싶어 기대를 했건만, 우리가 앉을 자리는 없었다. 케냐 사람들의 순진함과 어려움이 있으면 즉시 도와 주려고 하던 모습을 보다가 메마르고 이기적인 관광객들을 보니 없는 자의 행복이라는 말이 떠올랐다. 그렇게 오전을 보내면서 공원 관리인 여자랑 이런저런 말을 하게 되었다. 그녀는 공원 입구에서 가끔 단체들이 캠핑을 하는데 우리가 원하면 그들과 연결시켜 주겠다고 했다. 마침 다음 날에 시에서 운영하는 공원순회버스가 있으니 그 버스를 이용해서 공원에 들어갈 수 있을 것이라는 정보도 주었다.

에릭은 웬 절호의 찬스냐! 하며 내게 공원 앞에서 캠핑을 할 수 있겠느냐고 물었다. 입구 쪽을 살펴보니 바로 관리실과 연결되어서 위험한 것도 없는 듯했다. 화장실도 있었고 자전거는 타지 않았으니까 샤워는 필요 없겠다는 생각이 들었다. 환경이 아주 열악하지 않으니 힘들어도 한 번 해 보고 싶은 용기가 생겼다. 우리는 텐트를 치고 시내로 나가 먹을 것을 사 가지고 돌아왔다. 그때부터 에릭은 자전거 정비를 시작했고 나는 이것저것 정리를 했다. 그런데 텐트를 친 곳에 갑자기 원숭이가 하나둘씩 몰려들기 시작하더니 순식간에 나를 동그랗게 에워싸고 접근하려 들었다.

"에릭, 원숭이들이 다가와! 어떻게 좀 해 봐. 무서워."

"이놈의 원숭이들, 저리 가!"

에릭이 손짓을 해도 갈 생각을 하지 않았다. 오히려 더 다가왔다. 온몸에 소름이 돋았다. 관리인 여자가 총을 공중에 한 방 쏘자 다가오던 원숭이들이 후다닥 사라졌다.

"깜빡 잊었네요. 수컷 바분이 여럿 와서는 부인을 데리고 갈 수도 있으니까 항상 옆에 계세요."

우리는 바분이 우리 음식을 못 보게 하는 것만 중요하다고 여겼는데 수컷 바분이 나를 끌고 나무 위로 데려갈 수도 있다니! 나는 얼굴이 사색이 되어 에릭을 보았다.

"바분에게 납치되면 하루쯤은 바분 부인으로 보내보는 게 어때?"

에릭은 장난기어린 표정을 하고 내게 "너는 원숭이 띠니까 잘 되었다"며 놀림 섞인 말들을 연신 던졌다. 괴상하게 생긴 바분이 한두 마리도 아니고 70여 마리나 되는 듯했다. 목덜미가 서늘해지는 것 같아서 나는 에릭에게 텐트를 철거하자고 호들갑을 떨었다. 에릭은 나를 보며 시내로 가고 싶으면 혼자 가라고 했다. 내가 서운한 기색을 내비치자, 다시 나를 토닥이며 자기가 잘 지켜줄 테니 걱정 말라고 했다.

정말로 관리인 말대로 바분 원숭이들은 우리가 무엇을 하는지 멀리서 지켜만 봤다. 우리도 원숭이가 무얼 하는지 지켜보았다. 한 줄로 앉아서 등 긁어주기, 머리에서 무엇을 끄집어내기, 나무 위에서 볼일 보는 다른 원숭이를 괴상한 소리로 놀리기 등을 하고 있었다. 나무에서 다른 나무로 옮겨다니면서 재주를 부리고, 싸움을 하는지 갑자기 시끄럽게 달아나기도 하고 쫓는 모습을 계속 보면서 무섭게만 느껴지던 바분이 사람과 꽤 비슷한 구석이 있다는 생각마저 들었다. 어느 정도 시간이 지나 바분 무리에게 익숙해지자, 그들의 행동이 정겹게 느껴지기 시작했다.

해가 지기 시작하니까 모두들 잠자리를 찾으러 나무 위에 올라갔다. 주위는 다시 조용해졌고 우리도 잠을 자러 텐트로 들어갔다. 그런데 갑자기 비가 내리는지 텐트 위에 후두둑 하고 빗방울 떨어지는 소리가 났다. 비가 오나 싶어 에릭이 텐트를 여니, 비는 오지 않은 듯했다. 다음날 관리인 여자에게 이상한 일을 겪었다고 이야기하자, 그녀는 웃으면서 수컷 바분이 나를 데리고 가지 못해 한 짓궂은 장난인 것 같다고 했다.

"바분 원숭이한테 예쁘게 보였나 봐요."

## 따뜻한 선의

또, 비가 내리기 시작했다. 이번 우리 여행의 최대의 적이라고 할 수 있는 게 비다. 나쿠르에서는 더 이상 할 일도 없고 우연히 케냐로 함께 비행한 남아공 자전거 여행객을 숙소에서 또 만났다. 그는 우리가 가려고 했던 북쪽에서 왔는데 자전거 타기에 너무나 나쁘고 힘들고 춥고 그리고 거기도 비가 온다는 것이었다. 어느 곳으로 경로를 바꿀까 궁리 끝에 빅토리아

호수가 있는 도시를 목적지로 삼았다. 기차 편을 알아보니 밤 열한 시에 떠나는 것이 있었다. 숙소 사람들은 대부분 우리에게 버스 탈 것을 권했지만, 버스는 도난당할 염려가 큰 데 비해 기차는 1등석이 있으니 조금 편하게 갈 수 있을 것이라고 생각했다. 우리는 결국 기차로 갈 것을 결정하고 표를 샀다. 그리고 저녁 내내 기차 대합실에서 차 시간을 기다렸다.

늦은 시간에 기차가 떠나는 터라 기차를 기다리는 사람들이 대합실에 자리를 깔고 누웠다. 비가 와서 날씨는 춥기까지 했다. 다들 우중충한 분위기였다. 새까만 얼굴에서 유난히 하얗게 빛나는 것처럼 보이는 것은 눈동자랑 치아였다. 다들 피로와 일상에 지쳐 조금이라도 휴식을 취하려는 모습이었다. 역장이 다가오더니 자전거를 실으려면 자전거의 무게도 재어서 초과 금액을 내야 하고, 오는 기차는 유감스럽게도 1등석이 없어서 자전거는 짐칸에 싣고 사람은 다른 칸에 타야 한다고 말했다.

이렇게 많은 짐을 들고, 어떻게 수많은 인파와 함께 탈 수 있단 말인가? 난감할 뿐이었다. 기차가 오면 에릭은 빨리 자전거를 짐칸에서 실어야 하고 나는 혼자 그 짐을 들고 기차 안으로 들어가서 자리를 잡아야 했다. 역장이 도와 줄 사람을 보낼 테니 걱정하지 말라고는 했지만 그래도 불안했다. 이 많은 사람들과 기차 안에서 지낼 생각을 하니 막막했다.

기차가 드디어 왔다. 기차에 타려는 사람들의 움직임은 격투에 가까웠다. 한 걸음도 움직이지 못하다가 사람들이 다 탄 후 기차에 오르니 설 자리도 짐을 들여놓을 자리도 없었다. 기차에서 일을 도와 주는 사람은 우리 짐을 식당 칸으로 가지고 가면서 따라 오라고 했다. 식당 칸도 꽉 차 있었지만 사람 수가 조금 적었다.

역장이 기차로 올라와서 우리에게 앉을 자리를 마련해 주겠다며 자고 있는 사람을 깨웠다. 자고 있던 사람은 눈을 비비면서 얼른 우리에게 자리를 비켜 주었다. 그에게 미안했다. 우리도 그냥 불편하게 가겠다고 말했지만, 역장을 비롯해 케냐 사람들 대부분이 우리에게 무조건 앉아 가라고 권했다. 말로는 못 앉겠다고 했지만 마음 한구석에는 앉고 싶은 마음이 굴뚝이었다. 내 편한 것이 먼저라는 나의 이기심에 놀랐고, 또 그들에게 미안했다. 하지만 자리를 빼앗긴 케냐 사람도 그런 생활에 너무나 익숙한지 아무 일도 아닌 것처럼 받아들였고 오히려 그 자리에 앉지 않겠다고 하는 우리를 이해할 수 없다는 눈으로 쳐다보니 울며 겨자 먹기로 앉게 되었다.

우리는 이미 1등석을 샀는데 기차가 바뀌어서 좌석이 없고 하니 역장이 호의를 베푼 것이라고 생각할 수 있지만, 그들의 따뜻한 마음이 아니었으면 그 기차 여행이 매우 힘들었을 것이다. 자고 있는데 백인이나 관광객이라고 자리를 비키라고, 일어나라고 하면 유럽이나 우리나라에서는 두들겨 맞겠지!

## 용기를 내요, 케냐 사람들!

길 표지와 도로 사정이 조금 양호하면 케냐는 자연과 동물과 함께 자전거를 타기에는 환상적인 나라다. 케냐 사람 중 상당히 많은 수가 자전거를 이용하고 있고, 심지어는 자전거 택시도 있다. 마을에서 먼 거리를 갈 때는 자전거 택시를 이용하는데, 자전거들이 한 줄로 서 있고 오는 순서대로 타거나 아니면 자전거 운전사들이 마을을 돌아다니며 손님을 태운다.

우리가 지나갈 때나 마을에 서면 모두들 우리들의 자전거에 관심을 보였다. 외계인을 보는 듯 무서워하는 아이들도 있지만 대부분 신기해하고 즐거워했다. 자전거를 한 번만 만져 보아도 되냐고 묻는 사람, 기어를 한 번만 돌려보아도 되냐고 하는 사람, 가방에 뭐가 들었는지 보여달라고 하는 사람 등 다양했다.

그 중에 우리가 제일 대답하기 어려운 일이 있었다. 자전거의 가격을 묻는 것이었는데 솔직하게 자전거 가격을 이야기해 주면 그들이 거의 1년 심지어는 2년을 벌어야만 하는 액수를 말해야 했다. 사실대로 대답하면 도난의 위험 부담도 있을 것 같고, 그렇다고 아주 낮게 부르면 믿지 않을 테고. 적당하게 매번 둘러대다가 나온 해답이 선물을 받았기에 가격을 모른다고 말하는 것이었다. 케냐에서도 선물은 가격은 알려주지 않고 성의 표시로만 여겨지기 때문에 그렇게 대답해 주면 된다는 것이었다.

가끔씩 오르막을 가다 보면 쌀자루나 기타 곡식을 잔뜩 싣고 자전거를 끌고 가는 모습이 보였다. 우리가 그 옆으로 자전거를 타고 지나가면 자전거를 끌고 가던 사람들은 즉시 자전거에 올라타고는 있는 힘을 다해 우리를 따라오려고 했다. 우리는 그럴 때면 가끔 일부러 천천히 달렸다. 그들이 그 짐을 싣고 기어도 없이 달리기에는 너무 힘이 들 테니까. 그들이 가지고 있는 자전거는 기어가 없고 본인들 신체에 딱 맞는 자전거도 아니었다. 그리고 대부분 낡았고 거의 녹이 슨 상태였다.

에릭은 그들의 자전거를 살펴보더니 관리의 문제라며 기름

칠만 조금 해 주어도 자전거가 더 잘 갈 수 있을 것 같다고 했다. 가끔씩 기회가 닿을 때면 그 사람들에게 기름칠을 해 주곤 했다. 어떤 경우에는 너무 많이 몰려와 우리가 가려고 하는 행선지에 늦게 도착할 때도 있었지만 흐뭇하고 보람됐다.

어떻게 자전거로 이렇게 여행을 할 수 있느냐는 질문은 어딜 가도 마찬가지였다. 케냐 사람들도 자전거를 일상에서 많이 이용하면서 여행은 상상을 못 하겠다는 것이었다. 누구나 자전거만 탈 수 있으면 자전거 여행은 가능하고, 부수적인 편안함이라든가 장비는 개인에 따라 다를 수야 있겠지만 용기를 가지면 할 수 있다고 얘기를 해도 그들은 고개를 설레설레 흔든다. 그들에게 자전거는 단지 짧은 거리를 다닐 수 있는 운반 도구일 뿐이니까.

사고 걱정 없이 자연을 즐기며 자전거를 타기에는 최상인 나라인데 그 나라 사람들이 그것을 인식하지 못 하는 것이 속상하기까지 했다.

분명히 자전거 유럽 관광객이 많이 방문하게 되면 서서히 그들도 자전거에 대한 인식을 달리 하게 되지 않을까 하는 기대를 해 보았다.

## 아프리카와의 눈물겨운 이별

몸바사에서 배를 이용해 인도로 들어가려던 계획을 변경해야만 했다. 온 선박회사를 다니며 문의했지만 인도로 가는 배가 없다는 것이었다. 나이로비로 가서 비행기를 타고 인도로 들어가는 수밖에 없다는 결론이 나왔다. 나이로비까지는 자전거로 15일이라는 긴 시간이 필요했다. 웬 만큼 케냐에서 지낸 것 같아 떠나고 싶은 마음이 앞섰다. 우리는 다시 기차를 타고 가기로 했다. 이번에는 확실하게 1등석에 앉을 수 있고, 자전거도 잘 실을 수 있고, 밤기차도 아니었다.

기차는 정시에 떠났다. 두 시간을 달렸을까, 기차가 멈추었다. 처음에는 아무도 그 이유를 몰랐다. 신호 대기나 간단한 일이겠지, 금방 다시 떠나겠지 하고 기다리는데 꼼짝을 하지 않았다. 원인을 물어 보니 선로에 다른 기차가 서 있어서 제거해야 된다는 것이었다. 기차에서 내리는 사람도 있었고 선로에서 춤을 추며 시간을 보내는 사람도 있었다. 처음에는 다들 재미있게 보냈다. 우리도 그 광경을 보면서 빨리 작업이 끝나기만을 기다렸다.

기차가 정해진 대로 간다면 나이로비에 도착하는 시각은

오전 여덟 시. 우리는 다음날 오후 여섯 시 비행기 표를 샀기에 인도로 입국하는 것은 문제가 되지 않을 줄 알았는데, 시간은 자꾸 흐르기만 하고 기차는 움직일 생각을 하지 않았다. 그러다가 잠이 들었고, 깨어 보니 기차는 여전히 그 자리에 서 있었다.

새벽 다섯 시, 지금 기차가 간다고 해도 시간이 촉박했다. 우리는 자전거를 챙겨서 몸바사로 돌아가 그곳에서 다시 나이로비로 가는 비행기를 이용하는 게 최선의 방법이라고 판단했다.

몸바사로 향했다. 거리가 40킬로미터니까 세 시간이면 가능할 것 같았다. 우리는 미친 사람들처럼 달려야만 했다. 마실 물이 한 방울도 없었고 길은 난장판이었다. 아스팔트가 곳곳에 끊어져서 흙먼지가 우리의 얼굴을 까맣게 덮었다. 행색이 말이 아니었다. 혹시 몸바사에서 나이로비로 가는 자리가 없으면 어떻게 하나 싶은 염려도 있었지만 우리는 그것은 운명으로 맡기기로 했다.

공항에 드디어 도착했다. 에릭이 비행기 티켓을 끊으러 갔다. 안내서에는 나이로비에 국내선 공항과 국제선 공항이 다른 곳에 떨어져 있다고 되어 있었다. 표를 끊고 온 에릭에게 이야기를 하니 우리는 인도로 가는 같은 국제선 공항에 내린다며 본인이 티켓을 살 때 인도로 들어가야 된다고 밝혔다고 했다. 아무 걱정을 하지 말라는 것이었다. 짐을 붙이려고 보니 초과 금액이 우리를 기다리고 있었고, 우리가 가는 비행기는 국내선에 선다고도 했다. 에릭은 티켓을 판 사람과 실랑이를 벌이기 시작했다. 비행기 표를 환불해 줄 테니 다른 항공사를 이용하라는 답이 돌아왔다. 다른 항공사에 물으니 비즈니스 좌석 외엔 자리가 없다고 했다.

이제는 에릭보다 내가 더 씩씩거리고 있었다. 나는 계획대로 일을 추진하고 싶었다. 순간, 눈물이 쏟아지기 시작했다. 내내 고생했던 것들과 풀리지 않는 일, 비행기를 놓칠지도 모른다는 압박감 등이 한꺼번에 몰려온 탓인 듯했다. 눈물은 이내 대성통곡으로 이어졌다. 공항 한복판에서 그러고 있으니 승객들이 티켓 판매를 한 사람을 나무라며 나를 다독였다. 곧 매니저가 왔고 우리의 상황을 다 들은 그는 여행이 마무리가 힘들게 되어서 정말로 미안하다며 초과금액은 내지 않아도 되고 국제선까지 인도 비행기를 탈 수 있도록 차량을 마련해 주겠다는 약속도 했다. 편안하게 갈 수 있도록 조치를 해 주겠다는 것이었다. 그렇게 우리는 케냐와 작별했다.

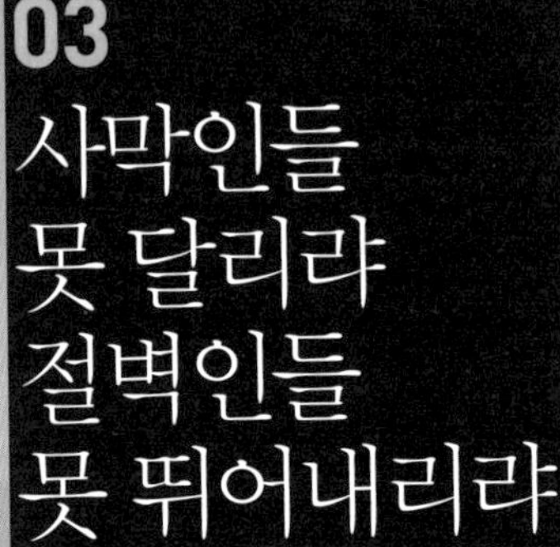
03
사막인들
못 달리라
절벽인들
못 뛰어내리라

## 너무도 다른 세계

봄베이에 도착했다. 자고 일어나니 더위가 기승을 부렸고 뿌연 하늘은 인도의 운치를 더했다. 시장에서 나라의 문화와 분위기를 파악하려는데, 숙소를 나오니 길거리에는 동냥하는 사람, 소, 돼지, 닭, 누워서 자는 사람, 길에 놓인 음식쓰레기, 길거리에서 빨래하는 여자 등이 보였다. 아예 집 같은 천막을 치고 사는 사람, 요리를 하여 먹는 사람, 정말 각양각색이었다. 그 중에서 특이해 보였던 것은 거적 같은 것을 깔고 길거리에 앉아서 아주 정성 들여 면도와 이발을 해 주는 모습이었다. 한 군데도 아니고 아주 여러 군데였다. 그걸 보고 있던 에릭이 "나도 한 번 머리를 깎아 볼까?" 했다. 나는 두 손을 모아 싹싹 빌며 제발 그만두라고 막았다.

많은 관광객들이 인도에 대한 환상과 신비를 꿈꾸고 왔다가 첫날 봄베이나 델리에 왔다가 이곳 사람들의 생활 모습을 보고 너무 놀라 모든 일정을 포기하고 돌아가는 경우가 종종 있다는 말이 실감 날 정도로 어수선하고 지저분했다. 이미 우리는 지저분한 것과 무질서에는 웬만큼 적응이 되어 문화적인 충격은 느끼지 못했다. 단지 그렇게 사는 사람들의 모습이 삶으로서 받아들여졌다.

우리가 지나가니 아이들과 아낙네들은 처량한 얼굴을 하며 동냥을 하느라고 정신이 없다. 우리가 알아들을 수 없는 말을 하며 옷을 잡아당기고 놓아줄 생각을 하지 않았다. 특히 끈질긴 아이들은 떼어 내기가 너무나 힘들었다.

아이를 안고 젖가슴까지 내 보이며 돈을 달라고 하는 아낙네에게는 조금이라도 얼마를 쥐어 주고 싶었지만, 에릭이 한사코 반대했다. 혼자만의 정의감이나 지나친 동정에 사로잡힌 관광객들이 그들의 삶을 오히려 파괴한다며 절대로 돈을 주어서는 안 된다고 했다. 에릭의 말이 틀린 것은 아니지만 나는 아이들이 동냥을 할 때면 가슴이 많이 아팠다. 매번 과자이나 먹을 것을 준비하려다가도 깜빡 잊게 되니 돈이라도 조금이라도 주면 좋지 않을까 싶은데, 돈은 못된 어른들의 손에 들어가게 된다고 했다. 그와 나는 이집트에서도 동냥하는 사람들 때문에 실랑이를 한바탕 한 터라 그만두기로 했다. 내 판단에 의해서 도와 주고 싶으면 돕기로 했지만, 동냥해 오는 사람은 하나를 지나면 또 다른 하나가 등장하는 꼴이라 나중에는 은근히 짜증이 났다. 좀 조용하게 시내를 보려고 했는데 그럴 수 없었다. 사람들을 피해서 다녀야 되니까 다시 또 지치고 힘이 들었다.

그런데 그렇게 동냥을 해 오는 사람이 수 없이 많고 길거리에서 이불도 안 깔고 자는 사람이 셀 수 없이 많은가 하면, 시내에는 호화로운 차와 호텔, 식당가 등이 널려 있었다. 빈부의 차이가 너무나 선명하게 눈에 들어왔다.

인도 사람들은 이런 빈부격차를 당연하다고 받아들인다고 했다. 지금 현세에서 못 살면 죽어서 분명히 잘 살 것이고, 다음 세상에서 다른 삶을 누리게 된다는 이상한 믿음이 있기에 다른 사람의 삶을 질투하거나 가질 수 없는 것을 원하지 않는다는 것이었다. 이들에게는 카스트 제도가 있어서, 그렇게 태어나면 운명이니 하고 산다는 것이었다. 꼭 조선시대 신분 제도 같아서 가끔씩 눈살을 찌푸리게 만들었다. 힘들게 자전거를 타고 짐을 싣고 달리는 할아버지에게 젊은 사람이 욕설을 퍼부으며 빨리 가라고 소리소리 질러도 아무도 그것을 이상한 것으로 받아들이지 않았다. 살면서 겪는 모든 것을 당연하다고 생각하고 받아들이는 사회제도라니.

나에겐 그들이 사는 지저분하고 어수선한 모습보다 이러한 계층 시스템이 큰 충격이었다. 이것을 이해하는 데는 많은 시간이 필요했다.

## 레이디 퍼스트라고요!

우체국도 사람들로 바글바글했다. 어느 곳에서 우표를 파는지 구분도 안 되었다. 겨우 사람들에게 물어 우표를 사다 엽서에 붙인 후 도장을 찍어 달라고 하니 다른 창구로 가라는 안내를 받았다. 인도 여행 안내서에는 우편물에 도장을 찍어야 하는 이유가 짧게 나왔다. 우체국 직원들이 우표를 뗄 수 있기 때문에 확인 절차를 밟는 것이었다.

나도 다른 사람들과 같이 줄을 서서 기다렸지만 줄이 줄어들지 않아 어떻게 된 일인가 싶어 뒤에 있는 사람에게 자리를 좀 지켜 달라고 한 후 앞으로 가서 상황을 살폈다. 끼어드는 사람들 때문이었다. 힘이 센 사람들이 끼어들고 새치기가 계속됐다. 아무리 기다려도 차례가 오지 않았다. 나는 너무 화가 나서 거기에 서서 끼어드는 사람의 옷자락을 잡아 뒤로 가라고 했다. 어떤 사람은 뒤로 가고 어떤 사람은 막무가내였다. 인도 사람들에게서는 끼어드는 사람에게 나처럼 광분하는 모습이 전혀 보이지 않았다. 오히려 그러려니 하는 표정이었다. 내가 거기 서서 그러는 모습이 이상하게 보이는지, 어떤 사람은 나더러 먼저 일을 보라고 제 순서를 양보했다. 이 사람들에 질서란 무엇인가를 알려 주어야 한다는 생각이 갑자기 들었다. 내가 먼저 일을 보지 않고 계속 거기에 서서 끼어드는 사람에게 훈계를 하고 뒤로 보내고 하니 그들은 서서 뭐라고 수군댔다. 우먼파워라는 단어가 얼핏 들렸다.

아마 자기들끼리 여자가 나서서 저런다고 수군댄 모양이다. 내가 서서 그러니까 몇 명의 다른 인도 남자들도 끼어드는 사람들을 뒤로 보냈다. 왠지 질서가 잡히는 것 같아 뿌듯했다. 그렇게 하니까 일도 금방 처리되어서 내 차례가 왔다. 편지와 엽서를 보내려고 하는데 긴 소매가 쑥 나오더니 나를 뒤로 제치는 것이 아닌가! 사실 지치기도 했고 신경이 날카로워져 있어서 그 사람한테 뒤로 가라고 소리를 질렀다. 그런데 이 사람은 창피한 것도 느끼지 않고 갈 생각도 하지 않았다. 오히려 나를 쏘아보며 당장이라도 때릴 듯 굴었다. 차례를 지키는 걸 도와주던 한 인도 남자가 그 새치기하는 사람에게 뭐라고 하니 갑자기 큰 소리가 났다. 순식간에 당장 두 남자가 싸움이라도 할 분위기였다. 순간 우체국 직원 한 사람이 몽둥이를 들고 나왔다. 그러고는 인정사정없이 제대로 서 있지 않은 사람들을 막 때리기 시작했다. 참 어이가 없는 광경이었다. 맞은 사람들은 또 끼어들면서 일을 처리하려고 들었고, 사람들은 키득키득 웃으면서 그것을 재미있어했다.

몽둥이를 든 남자는 무서운 얼굴을 하며 나에게 다가오더니 무슨 일이냐는 것이었다. '이거 나도 얻어맞는 거 아냐?' 하는 생각이 들었지만, 이내 '겁내지는 말자!' 하고 스스로를 북돋았다. 나는 한 시간이 넘게 줄을 서서 기다리는데 내 차례가 오지 않았고, 지금 겨우 나의 차례가 와서 일을 처리하려는데, 저 남자가 끼어들어 뒤로 보내려고 했다며 상황을 설명하니 끼어들었던 남자를 인정사정없이 몽둥이로 다시 때리는 것이었다. 그리곤 나한테 여성들은 무조건 우선인데 왜 그런 특권을 사용하지 않았냐며 우체국 창구 직원을 혼냈다. 그러더니 나더러 따라 오라는 것이었다. 조금 긴장한 채로 그의 뒤를 따라갔더니 즉시 일을 처리해 주겠다고 그가 말했다. 우편물을 달라며 차까지 대접해 주었다. 다음부터 오면 본인을 찾으라는 것이었다.

"뭐 하느라고 그렇게 오랫동안 우체국 안에 있었어?"

에릭은 의아해하며 물었다.

"정리정돈과 우먼 파워를 보여주었어!"

비록 생각보다 시간을 많이 쓰긴 했지만 그래도 뭔가 해낸 것 같은 기분이 들어서 뿌듯했다.

## 죽음이란

인도를 여행하면서 종교란 것이 이들에게 참으로 중요하다는 것을 여러 군데에서 실감하곤 했지만 그 중 가장 인상 깊었던 것은 바라나시의 강가의 풍경이었다. 바라나시라는 도시는 사실 도시 자체가 지저분하고 더러웠다. 그럼에도 이상하게 다른 곳보다는 무엇인가가 특이하다고 느껴졌다.

'강가'라는 이름으로 잘 알려진 유명한 화장터로 가니 이상한 냄새가 났다. 사람들한테 설명을 많이 듣기는 했지만 우연히 화장을 시작하는 광경을 볼 수 있다는 사실이 믿어지지 않았다. 화장터에는 나무를 저울로 재서 파는데, 경제적으로 여유가 많은 사람들은 장작을 많이 사고 그렇지 않은 사람은 살 수가 없어, 장작의 개수를 보면 그 사람의 가세를 알 수 있다고 한다. 죽은 사람을 거적때기 같은 것으로 씌우고 그 위에 지푸라기와 나무를 놓은 뒤 가족들과 화장에 모인 사람들이 고인을 주위로 몇 바퀴 돌았다. 그러고는 불을 붙였다. 활활 타기 시작했고 화장터에 모인 사람들은 잠깐 그것을 살펴보다 앉아서 술 같은 것을 따라 마시며 이야기를 나누고는 재가 다 타기도 전에 일어났다. 아무도 대성통곡을 하는 사람이 없었다. 슬퍼하는 표정도 찾을 수 없었다. 그런데 화장터에서는 여자가 보이지 않았다. 남자뿐이었다. 이런 데에서도 남녀를 구분하다니. 분개하지 않을 수 없었지만 그들의 관례라고 하니까…….

그렇게 시신이 다 타면 그것을 강가에 뿌린다고 했다. 화장한 재를 뿌릴 때도 아무도 슬픔을 보이지 않았지만 재를 뿌릴 때는 오히려 기쁜 마음으로 뿌린다는 것이었다. 성스러운 강에 뿌려지게 되었고 다시 환생을 할 수 있다는 기대와 환희가 있기 때문이라고 한다.

가난한 사람들은 나무를 살 돈은 없어 시체를 몰래 밤이나 사람들이 보지 않을 때 성스러운 강가에 버린다. 그래서 가끔 강가를 배로 여행하는 관광객들은 죽은 시체 같은 것이

물위에 뜨는 것을 본다고 하는데, 맞는 말일 수도 있다. 강가에 시체를 버리지 못하도록 저녁에는 강가를 지키는 사람들도 더러 있다고 한다.

TV에서 보았을 때 바라나시의 강가 물이 아주 성스러운 물로 보였고, 행사에 대해 상당히 관심 있게 보아서 기회가 되면 나도 인도에 가서 성스러운 곳에 발을 담가야지 했었건만, 문화가 전혀 다른 내가 본 강가는 더러운 똥물과 잿물이 섞인 역겨운 물이었다. 하지만 인도 사람들은 그 똥물에 들어가 몸을 씻고 기도도 했다. 그 모습을 보면서 믿음이란 정말로 대단하다 느꼈다. 어떤 사람들은 부모님께 마지막으로 드리는 효도 선물이라 생각하여 임종이 가까워지면 바라나시로 모시고 가기도 한다는 것이었다. 종교의 의미가 다르다고는 하지만 이렇게 다를 수가 있을까.

## 액션 영화처럼

바라나시를 벗어나는 것도 하나의 곡예였건만 도로는 비가 와서 질퍽거렸다. 땅이 아주 검은 색이다. 무슨 일인지 트럭들과 릭샤는 움직일 생각을 하지 않았다. 우리는 빠져나갈 구멍을 찾아야만 했다. 나도 제법 용기가 생겨 인도의 도로에서 요리저리 잘 빠져나갈 수 있었고 넘어지지 않으면서 그 어려운 고비를 무사히 지날 수 있었다. 그곳을 겨우 벗어나니 또 다른 어려운 코스가 보이기 시작했다. 무슨 일인지 트럭들이 갈 생각을 하지 않았다. 완전히 트럭으로 꽉 차 있었다. 샛길도 보이지 않았다. 단지 틈이 있는 곳은 트럭과 트럭 사이일 뿐이었다. 하염없이 기다리고 있을 수는 없다며 에릭은 트럭과 트럭 사이를 지나가자고 했다. 난 갑자기 트럭이 시동이라도 걸어 움직이기라도 한다면 너무나 위험한 일이니 기다려 보자고 그를 잡았다. 여전히 고집불통인 에릭은 나더러 혼자 기다렸다 오라면서 혼자 앞으로 나아갔다.

아무리 거기에 서서 기다려도 차가 움직일 기미가 보이지 않자 나도 조심스럽게 자전거를 끌고 트럭과 트럭 사이를 지나갔다. 인도에 있는 트럭은 다 거기에 모여 집회라도 하는지 온통 트럭뿐이었다. 내가 자전거를 타지 못하니 어떤 사람들은 자전거를 타고 가라는 시늉을 하며 그가 앞에 갔다는 손짓도 해 주었다. 다들 무슨 일인가? 궁금해서 머리를 트럭 창문에 빼면서 보는 것이다. 걷기에는 너무나 끝이 보이지 않았고 나도 용기를 내어 자전거에 올라탔다. 당장이라도 곧 쓰러질 것 같은 느낌이었지만, 참아냈다. 한 30분 달렸을까? 도로 중간에 사고가 나 있었다. 사고 난 차를 빼야 되는데 양쪽 도로가 꽉 막혀서 움직일 수가 없게 된 상황이었다. 경찰도 없었고 본인들끼리 어떻든 하려고 나와서 애를 쓰는데 한 군데에서 차를 통제하지 않으면 차량은 계속 늘어날 것이 뻔했다. 그 차들을 다 빼려면 몇 날 며칠을 고생해도 끝날 것 같지 않을 듯했다.

다행히도 우리는 조그마한 자전거라서 그 지역을 무사하게 빠져 나올 수 있었다. 이런 경우에 정말로 자전거가 유용하구나 싶었다. 트럭과 트럭 사이를 달리는 동안 나는 스스로가 액션영화에 등장하는 여주인공 같다고 느꼈다. 은근한 묘미가 있었다.

## 전통쇼? 옥토푸시 쇼!

온 사방에 '옥토푸시 쇼' 라고 써 있었다. 우리는 우다이푸어의 아름다운 전통적인 공연인가 생각을 하곤, 하루는 꼭

시간을 내어서 보겠다고 다짐했다. 다른 관광객에게 옥토푸시 쇼가 무엇이냐 물으니 제임스 본드가 우다이푸어를 배경으로 찍은 영화의 이름이라고 했다. 매일 밤마다 레스토랑이니 카페테리아에서 이 영화를 보여 준다는 것이었다. 꽤 오래된 영화이지만 영화 속의 도시는 지금과 변한 것이 별로 없는 듯했다.

영화에서 주가 되는 물 위에 뜬 성은 지금은 호텔과 레스토랑으로 이용되었다. 인도 사람들은 허니문으로 이곳을 찾고 다른 여러 나라 사람들도 이곳에서 하룻밤을 자기 위해 몇 달 전에 예약을 해야 한다고 한다. 하룻밤 잠을 못 자더라도 레스토랑이라도 가 보려고 했더니 이틀 전에는 예약을 해야 되며 레스토랑에 걸맞는 복장을 갖춰 입어야 한다고 한다. 너무나 아름답게 보이는 물 위에 뜬 성의 모습이라 옷을 맞추어서 입고서라도 물 위에 뜬 성에 들어가고 싶었지만 다음 기회로 미룰 수밖에 없었다.

아침마다 베란다에서 해가 뜨는 모습을 보며 호수의 고요를 느끼고, 커피를 마시다 보면 여기가 지저분하고 더럽고 정신 산만한 인도일까? 하는 의문이 생길 정도로 평화롭다. 그래서 많은 관광객들이 2~3일 예상하고 왔다가 거의 일주일가량 머물고 간다는 관광지로 유명하다. 시장도 아주 가까이 있어서 그 사람들의 사는 진짜 모습을 볼 수 있었다. 관광객으로부터 돈을 벌어서인지 동냥을 해오는 사람도 거의 없었다. 이 골목 저 골목을 다니며 사람들 사는 모습을 관찰할 수 있어서 더욱 좋았다. 우다이푸어의 성전은 옛날 인도의 부와 화려함을 한꺼번에 볼 수 있는 곳으로서, 모자이크 양식과 벽화, 옛날 사람들이 썼던 물건을 볼 수가 있었다. 대단하다는 생각밖에 들지 않는 한편으로는 빈부의 차이가 상당히 심했음을 미루어 짐작할 수 있었다. 하지만 예전부터 이러한 물건과 기법들이 사용되었다니. 어쩌면 우리들은 단지 옛날 물건들을 변형만 시켜 사용하며 살고 있는 것은 아닌가 하는 생각도 들었다.

아름답고 평화로운 곳은 도시뿐만이 아니었다. 근교 또한 너무나 조용하고 사색하기 좋은 곳이라서 에릭과 자전거를 타고 근교를 돌았다. 우다이푸어의 아름다운 모습을 가슴에 깊숙하게 담고 있는데 젊은 아시아 여성 넷이 보였다. 그 중 한 사람이 내게 한국 사람이냐고 물었다.

지금도 연락하고 지내는 명숙 씨와의 인연은 이 때 생겨난 것이다. 명숙 씨를 포함한 다른 여 선생님 세 분도 알게 되었는데, 이들은 당시 배낭으로 인도를 여행 중이었다. 그 다음 날 다른 곳으로 떠난 뒤 금방 한국으로 간다면서 비상식품인 고추장과 자전거에 달 배지를 기념으로 받아 유용하게 쓸 수 있었다.

우다이푸어 근처에는 전통 가옥을 지어 관광객이 오면 춤이나 음악을 들려주는 곳도 있고 장미의 정원도 있다. 인도의 다른 지역에서는 볼 수 없는 평화롭고 한가한 이 우다이푸어를 일컬어 '조그마한 베니스'라고 칭한다는 말에는 동감할 수 없었지만, 인도 여행에서 지친 사람들이, 인도에 도착하면서 바뀌었던 인도에 대한 관점을 다시 한 번 바꿀 수 있고 한가롭고 평화를 느낄 수 있는 곳이기에 인도에 가면 꼭 방문하라고 추천하고 싶은 곳이다.

## 반성, 반성

인도의 대부분의 시골은 차량이 한 시간에 한두 대 지나가는 정도다. 차량이라고 해 봤자 버스나 트럭뿐이다. 그날의 목적지는 분디라는 곳으로 성이 있는 예쁘고 조용한 곳이었는데 160킬로미터를 달려야만 했다. 목적지가 먼 날은 꼭 예기치 않은 일이 벌어졌다. 세 번이나 자전거에 펑크가 나서 시간이 많이 지체되었다. 점심을 먹을 때 계산해 보니 계획한 시간대로 분디까지는 도착하기는 힘들 것 같았다. 식당 주인은 분디에 닿기 전에 마을이 있지만 사람들이 좀 사나우니 주의를 해야 하며, 오후 길은 좀 힘든 길이라고 알려 주었다. 오르막도 많고 아스팔트가 갑자기 끊겨 있는 구간도 많다는 것이다. 트럭 운전사가 우리의 이야기를 듣고 있었는지 본인이 분디 쪽으로 가니 본인의 트럭을 이용하라며 돈을 요구했다. 요구한 액수도 컸지만 그 사람에게서 술 냄새가 났다. 게다가 트럭은 일반 트럭이 아니었다. 기름을 실은 트럭이어서 우리는 평소보다 더 단호하게 사양하고 서둘러 떠났다.

식당 주인이 알려준 것처럼 길은 점점 험해지고 날은 어두워졌다. 가끔 보이던 트럭과 버스들은커녕 도로에는 개미 한 마리 보이지 않았다. 이미 날은 어두워졌고 조금만 달리면 마을에 도착하니까 거기서 해결책을 찾기로 하고 있는 힘을 다해 달려가니 야시장이 섰는지 시끌벅적 했다. 우리가 마을에 진입하니 사람들이 우르르 몰려들었다. 그곳에서 분디로 가려고 하는데 너무 늦어서 트럭이나 버스를 이용해야겠다고 조언을 구하니 저마다 의견이 천차만별이었다. 버스가 곧 떠나니까 그것을 타고 가라는 사람도 있었고, 버스가 언제 떠날지도 모르고 길이 험하니 그 마을에서 자고 날이 밝으면 떠나라는 사람도 있었다. 숙소가 있다고 해서 들어가 보니 거기서는 도저히 잠을 잘 수가 없는 상황이었다.

늦게 떠나더라도 버스를 타는 수밖에 없다는 생각이 들었다. 버스에 오르려고 보니 버스 운전사가 버스가 떠나지 않는다는 손짓을 하며 내리라고 했다. 다른 방법을 알아보려고 조금이라도 이동을 하려는데, 사람들이 자전거를 둘러싸고 있어 움직이기가 너무나 힘들었다. 그리고 그 와중에 동냥을 하는 아이들까지. 설상가상이란 것이 이런 것일까? 나는 나도 모르게 아이들에게 한국말로 마구 소리를 치고 화를 내고 있었다. 그런데 그런 내 모습이 우습고 재미있는지 낄낄거리기만 했다. 그게 오히려 더 나를 화나게 만들었다. 에릭은 나에게 화가 나더라도 지금은 이성을 찾으라며 마음을 다스리라고 했다. 하지만 속상한 것을 억누르기에는 힘든 시간이었다.

에릭은 많은 무리의 광대가 되느니 계속 자전거를 타고 야행을 해서 마을을 조금 벗어난 뒤에 텐트를 치자고 했다. 그래도 사람들이 있는 마을에서 지내는 것이 덜 위험하지 않을까 싶어 그 마을에서 가장 높은 사람을 찾으려고 하는데, 점심때 우리에게 트럭을 타라고 제안하던 운전사가 우리에게 아는 척을 했다. 그는 우리에게 열심히 많이도 왔다며 놀리듯 말을 건넸다. 본인들은 점심 먹고 한숨 잔 뒤 저녁까지 먹고 이제 떠나는 참이라며 데리고 가 줄 테니 트럭에 타라고 했다.

그는 자전거를 사람이 타는 안쪽에 실어도 우리가 앉을 수 있는 자리를 트럭 안에 마련할 수 있다고 했다. 우리가 자전거의 짐을 분해하니 사람들은 우리가 선물이라도 나누어주려는 줄 알았는지 더 벌떼 같이 몰려들었다. 짐이 하나라도 사라지지 않게 싣느라고 온통 정신을 집중해야만 했다. 다른 곳의 사람들은 극성스럽지 않더니만 일이 풀리지 않으려고 하니 별 것이 다 꼬였다. 트럭에 올라타니 술과 담배 냄새 그리고 알 수 없는 악취가 진동을 했다. 난 코와 입을 틀어막았다. 그러다 지쳐 얕은 잠에 빠졌다.

길은 꽤 험했다. 거리상으로는 30킬로미터였지만 세 시간을 트럭으로 달려야 했다. 야밤에 체조라더니, 트럭 운전사는 분디 시내까지 들어가지 못하고 우리를 시내에서 조금 떨어진 곳에 내려주었다. 자전거에 짐을 부착하고 조금 긴장한 채로 시내에 들어서니 늦은 시간이라 사람들은 거의 길에 없었다. 우리가 머무르려는 성이 환하게 빛나고 있어서 방향을 잡고 갈 수 있었다.

성 앞에 도착하니 멀리서 본 불빛과는 달리 바깥은 꼭 귀신이라도 나올 것 같은 분위기였다. 문을 두드리니 다행히도 성에서 일하는 사람이 하얀 가운을 걸쳐 입고 나와 우리를 맞아주었다. 그 늦은 밤 열한 시에 밥과 몇 가지 요리를 해 주어 우리는 허기진 배를 채울 수 있었다. 인도에서는 힘들었던 날이 꽤 많았지만 이날은 유난히 힘들었다. 다행히도 나의 서른 번째 생일 전에 성에 도착하여 열두 시 종이 울릴 때 생일 축하를 받을 수 있었다. 그래서인지 더욱더 기억에 오래 남고 잊지 못할 것 같았다. 그리고 말이 통하지 않는 사람들이라고는 하지만 마구 소리를 지르고 악다구니를 해댄 나의 괴팍한 성격에 많이 반성한 날이기도 하다. 화가 나더라도 그것을 다스리고 마음을 가다듬을 수 있어야 하는데 그러지 못했던 것이 속상한 한 편으로 그들에게 많이 미안했다.

## 총격이라고?

부다가야에 도착하기 전, 조그마한 마을에서 겨우 머물 방을 찾아 씻고 식당에 가서 밥을 먹는데 경찰이 우리에게 다가왔다. 신분증과 여권 확인을 요청했고, 여행 목적을 물었다. 무슨 일이냐고 되물으니 우리가 여행하는 곳은 위험지대이고 전날에는 옆 마을에서 종교적인 갈등을 겪다 집단 총격전이 벌어졌다는 것이다. 모르는 곳을 여행하면서 기대하지 않은 것을 접하는 것은 신비스럽고 묘하고 힘들고 재미있지만, 집단 총 싸움이라니 소름이 돋았다. 밤이 아니었다면 차라도 대절해서 빨리 그 지역을 벗어나고 싶었다.

경찰들은 놀란 내 얼굴을 보더니 밤에는 본인들이 숙소 근처에서 우리를 지켜 주겠다고 했다. 그리고 다음날 일찍 그곳을 떠나길 권했다. 경호를 해 줄 테니 편하게 자라고 한다. 경찰이 지켜 준다고 해서 날아오던 총알이 다른 곳으로 갈 리 없다는 생각이 들었다. 힌두어를 못 하는 것이 새삼 아쉽고 준비를 못한 것 같아 화가 났다. 미리 이런 정보를 신문에서 읽었더라면 경로를 바꾸든지 했을 텐데. 그 날 밤, 내 불치병인 불안증이 다시 올라와 결국 내내 잠을 설쳤다.

아침에 짐을 챙겨 그 지역을 벗어나는데, 믿기지가 않았다. 도로가 너무도 평화로워 보였기 때문이었다. 모두가 본인의 자리에서 할 일을 하고 조용하게 살고 있는 농촌마을의 전형적인 풍경이라는 생각 말고는 다른 것은 아무것도 느낄 수 있는 것이 없었다. 그런데 바로 옆 마을에서 있었던 총격전이 이 평화로운 마을로 옮겨 붙는다고? 겉으로 보이는 평화가 전부가 아니지만, 마음이 복잡했다.

부다가야로 가는 길이 더 멀게만 느껴졌다.

## 자전거가 아니라 자전거 '님'!

시골 숙소는 더러워서 잘 수가 없고 도시의 숙소에는 자전거를 안전하게 넣어둘 공간이 없어 어떤 때는 거의 모든 숙소를 다니면서 마땅한 장소를 찾아야만 했다. 우리가 유난 떠는 것처럼 보였는지, 다들 "바깥에 세워 둬도 아무도 훔쳐가지 않아요!"라고 말했다.

겨우 찾은 호텔에서는 차고에 자전거를 세워 두라고 했다. 그런데 차고는 밤에 아무도 지키는 사람이 없어서 마음만 먹으면 자전거를 가지고 가는 것은 어렵지 않았다. 힘은 들지만 5층 방까지 자전거와 짐을 올릴 수밖에 없었다. 엘리베이터가 없어서 일일이 옮겨야 했는데 자전거를 타는 것보다 짐을 옮기는 것이 더 번거롭고 힘들었다. 그래도 그렇게 옮겨 놓으면 저녁을 먹으러 갈 때고 잠잘 때고 마음이 놓인다.

다른 인도 사람들은 자전거를 방으로 옮기는 우리를 보면서 불편해했다. 미친 사람 보듯 보는 사람들도 있었고, 원래 인도에는 도둑이 없었는데 외국인들이 와서 도둑질을 가르쳤다며 자업자득이라고 훈계 아닌 훈계를 하는 사람도 있었다.

## 굿바이, 인도

부처님의 자비 덕분에 다행히도 무사하게 부다가야까지 도착할 수 있었다. 도착하자마자 숙소를 찾아 그동안 밀린 잠과 심신의 피로를 풀 수 있었다. 부다가야는 조용하고 평화로운 곳이었다. 부처님에게 자비를 받기 위한 사람, 도를 닦으러 온 사람들로 꽉 찼지만 번잡한 모습과는 거리가 먼 그런 모습이 아닌 성스러운 모습이었다. 다른 인도의 모습과

참 대조적이었다.

부다가야에서 캘커타로 가는 경로가 또 험하디 험한 고난이라고 숙소 주인이 우리에게 일러 주었다. 너무나 힘들게 인도 여행을 한 터라 인도에 서서히 지쳐가고 있었다. 그만큼 또 강해진 것도 같지만 빨리 새로운 곳에 가고 싶어졌다. 정복감과 성취감을 느끼기에는 인도가 조금 위험하게 느껴지기도 했기 때문이다. 에릭이 나를 열심히 설득했지만 나는 내 고집을 확실하게 밝혔다.

결국, 우리는 캘커타로 가는 기차를 타기로 했다. 표를 사기 전에 자전거를 싣고 갈 수 있냐고 물으니 기차가 떠나기 한 시간 전에 오라고 했다.

당일에 기차역으로 가니 멧돼지 같은 사람이 자전거는 무조건 실을 수 없다고 거만하게 말했다. 그는 몽둥이 같은 것을 휘두르면서 명령조로 에릭에게 이렇게 저렇게 하라고 말했다. 그 사람 말을 듣지 않으면 당장이라도 때릴 기세였다. 에릭은 불쾌하고 화가 나서 자전거를 기차에 싣고 가느니 자전거를 타고 캘커타까지 가는 것이 낫겠다며 계속 불평을 했다. 나는 그렇게는 할 수 없다고 말했다. 에릭은 그 멧돼지 같은 사람과 다시는 얘기하고 싶지 않으니 나한테 어떻게든

해 보라고 했다.

나는 그 사람에게 가서 우리를 좀 도와 달라고 사정을 차근차근 설명했다. 그 사람의 인상은 정말로 좋지 않았지만 최대한 공손하게 말했고, 그 남자가 입을 열었다. 조금 전에는 에릭이 너무 도도하게 나와서 화가 났던 것이라고 했다. 자기한테 수고비를 좀 주면 짐은 사람과 함께 타고 자전거는 어떻게든지 짐칸에 실어 주겠노라고 했다. 역시나 사람에게 가장 중요한 것은 마음인 듯하다.

"에릭, 당신이 맨날 하는 말 있잖아. 로마에 가면 로마법을 따르라!"

그 멧돼지 같은 사람에게 상냥하게 부탁 좀 하면 해결될 것을 왜 그렇게 도도하게 굴었느냐 물었더니 원리원칙대로 사전 문의를 다했는데 왜 그에게 아쉬운 소리를 해야 되느냐는 것이었다. 오히려 본인이 잘했다고 우기고 있었다.

인도 여행을 하면서 환경이 힘들었던 것도 있지만 그와 내가 이런 사회체제에 맞추느라고 서로 언성을 높이며 싸웠던 일이 꽤 여러 번이었다. 그때마다 후회스럽지만 이제 마지막 도시 캘커타에 드디어 도착하면 3개월 간의 인도 여행이 끝난다고 생각하니 무엇인가를 새로 시작하는 기분이 들었다.

달라질 수 있을 거라고 스스로를 다독였다.

기차 안은 말이 침대칸이지 나무판에 얇은 매트리스 같은 것을 깐 것이 전부였다. 너무 빽빽하고 숨이 막힐 것 같았다. 코를 고는 사람, 밥을 먹는 사람, 담배를 피우는 사람, 우는 아이 등 머리를 아프게 했다.

캘커타에 도착하니 의외로 그렇게 복잡하지 않았다. 어쩌면 기차에서 시달려 자전거 타는 것이 훨씬 수월하게 느껴졌는지도 모른다. 야자열매를 파는 곳도 많고 교통도 원활하게 잘 빠졌다. 아직까지는 모든 것이 마음에 들었다. 드디어 우리의 최종 목적지인 캘커타에 도착했다. 곧 인도를 떠나게 된다. 좋은 사람들도 많이 보고, 자연에 감동받고, 고생도 많았던 곳이다 보니 시원섭섭했다. 사람들의 가난과 지저분함을 마주하고 있을 때는 보기가 민망하기도 하고, 초창기에는 힘도 들었는데, 여행을 회고하면서 생각해 보니 그것마저도 모두 그들의 삶이구나 싶어 조금 더 그들 입장에서 여행을 했더라면 더 많은 것을 배울 수 있었을 것이라는 마음이 들었다.

자전거는 나의 집이다.
하늘은 지붕이고 풍경이 창문이다.
그렇게 나는 자연이 되어 바람을 가른다.

## 드디어 밟은 아시아 땅

자전거에 짐을 부착하고 공항으로 나오는데 내 눈이 믿어지지가 않는다. 깔끔한 흰 타일, 나와 생김새가 닮은 사람들이 보였다. 아, 이런 세상이 있었지! 하고 감격에 감격을 거듭하다 나도 모르게 눈물을 쏟았다.

"왜 그래, 무슨 일이야?"

에릭은 내가 갑자기 몸이 아픈 줄 알고 놀랐는지 자전거를 세워놓고 날 달랬다.

내가 울먹이며 말했다.

"꼭 한국에 온 것 같아. 그래서 나도 모르게 눈물이 나왔어."

공항 바깥으로 나오니 뻥 뚫린 도로, 빠르게 달리는 차들이 눈에 들어왔다. 이쪽저쪽을 보아도 도로에는 소, 돼지, 낙타 같은 동물이 보이지 않았다. 3개월 동안 매일 도로에서 마주친 것의 대부분은 소, 돼지 혹은 쓰레기였는데 태국에 오니 휴지 하나 찾아볼 수 없었다. 사람들 모습도 너무나 단정해서 꼭 별나라에 온 것만 같았다. 이집트에서부터 내내 지전분한 것에 적응을 하다가 깔끔한 태국의 모습을 보니 새로웠다. 무엇보다도 얼굴이 비슷한 사람들이 많아서 잠재되어 있던 그리움이 터졌다.

"이제 한국에 도착할 날이 멀지 않았어, 이 울보야."

에릭이 나를 놀렸다.

우리는 관광안내소에서 주는 지도를 받아 여행객이 많다는 카오산로드를 향해 떠났다. 도로에는 차량이 많아 적응이 되지 않았지만 비상도로가 넓어서 잘 달릴 수 있었다. 간혹 내가 그를 못 따라갈 때면 차량들은 일부러 자리를 비켜주기도 했다.

생각보다 카오산로드를 찾기가 힘들었는데 오토바이를 타고 우리 곁을 지나가던 경찰이 도와 주어 많이 헤매지 않고 도착할 수 있었다. 카오산로드는 세계의 관광객으로 가득 찬 곳이었다. 어느 곳으로 가도 남아 있는 방은 공동 화장실이나 다름없어서 포기 상태에 이르렀을 때 신장 개업표시를 한 호텔을 보게 되었다. 혹시 남은 방이 있느냐고 물으니 운 좋게도 방이 딱 하나 남았다고 했다. 우리는 방에 짐을 풀고 샤워를 한 뒤 먹자골목으로 향했다. 그동안 소홀했던 영양 보충에 신경을 썼다. 그런데 갑자기 가렵고 근질근질한 느낌이 들었다. 이스라엘에서 생겼던 그런 두드러기 현상이 나타나는 것 같았다. 약국에서는 무엇인가에 물렸다며 연고랑 약을 주었는데 가려움증은 이스라엘 때보다는 조금 덜 한 것 같았다. 아마 태국 음식에 쓰이는 어떤 조미료가 나에게 알러지 증상을 일으키는 것 같았다. 에릭은 아마 인도에서 스트레스가 많이 쌓여 있다가 갑자기 긴장이 풀려 알러지 반응이 있는 것 같다고 했다. 자꾸 신경을 쓰면 더 증세가 심각해질 테니, 정신을 다른 곳에 집중할 수 있도록 여느 관광객들처럼 도시의 분위기를 즐기자고 했다. 우리는 곳곳을 누볐다.

그러다 만난 어느 아주머니가 나의 팔에 난 두드러기를 보더니 무엇에 물린 것 같다며 내 손을 잡아끌더니 이상한 크림을 발라 주었다. 장사하는 방법도 여러 가지라고 생각하며 불쾌해하고 있었는데, 그 아주머니가 그 크림을 그냥 주겠다면서 내일이면 증세가 가라앉을 거라고 했다. 돈을 지불하겠다고 하는데도 한사코 거절하기에 얼떨결에 고맙다고 인사를 하곤 헤어졌다. 정말로 시간이 조금 지난 뒤에 가려움증이 사라지기 시작했다. 약 때문인지 몸에 번지지도 않았다.

단지 자국만 남아 있었다.

다음날 그 아주머니에게 가서 고맙다고 인사를 드리니 너무나 기뻐했다. 아마 그 아주머니의 따뜻한 마음 때문에 두드러기 증상이 사라진 것 같았다. 그 아주머니뿐 아니라 호텔이나 길거리에서 마주치는 사람들이 너무나 친근하게 느껴졌다.

## 깊은 산 속의 신비

첫날부터 태국에서의 시작이 좋았다. 차량들의 배려와 잘 정비된 비상도로 덕분에 별 위험을 느끼지 않고 자전거 여행을 즐길 수 있었다. 무엇보다도 곳곳에 갈증을 식혀주는 과일과 야자열매를 팔아서 더위에 날리기에 좋았다.

야자열매 과즙을 물 대신 마시면 갈증 해소에도 좋다고 한다. 우리는 하루도 빼놓지 않고 태국에서 야자열매를 사서 먹었다. 야자열매를 파는 상인들은 일부러 크고 좋은 것만 골라서 우리에게 권했다. 더 오래 앉아 있다가 가라면서 우리가 이야기보따리를 풀기를 바라는 사람도 있었다. 거리에서도 우리를 보고 반갑게 맞아주는 태국인들이 아주 많았다. 어떤 사람은 휴게소에서 우리를 기다렸다가 시원한 콜라를 주기도 했다. 이곳에서는 유난히 인정과 사랑을 여러 번 경험하게 됐다.

여러 곳에서 코끼리 쇼를 한다는 안내를 보았다. 에릭은 그런 것들이 바로 동물학대라며 보러 가고 싶지 않다고 했다. 겨우 설득해서 갔더니만 더위 때문에 쇼는 오전에만 있고 오후에는 해가 질 무렵에 딱 한 번만 한다고 했다. 우리가 자전거로 여행을 하는 사람들이라 다시 오기 가 힘들다고 하니 관리하는 사람은 코끼리 쇼 때 찍은 사진을 보여 주며 사진하고 똑같이 쇼를 한다고 설명해 주었다. 코끼리에게 바나나를 먹여주는 모습, 물 속에서 샤워하기, 아기코끼리가 엄마코끼리에게 재롱을 피우기, 그리고 약간의 묘기를 보여주며 대나무를 타고 가는 코끼리 모습 등을 보여주었다. 이 정도로 코끼리가 자주 나오는 만큼, 더위가 극심한 날에는 동물에게 매 시간마다 쇼를 하도록 강요하는 것은 못 할 짓이라고 했다.

잘 갖춰진 시설과 장소는 가족 단위로 와서 쉬기에는 너무나 좋게 꾸며져 있었다. 우리는 그 곳에서 쇼를 본 거나 다름

없는 설명을 듣고 책에 쓰여 있는 방갈로를 찾아갔다. 도시에서 몇 분 안 되는 거리처럼 보였지만 20킬로미터나 떨어져 있는 곳이었다.

정말로 외진 곳에 방갈로가 있을까 싶었다. 사람들에게 물으니 산으로 조금 더 들어가면 있을 것이라고 했다. 그런데 문을 열긴 한 것인지 혹시 방갈로가 꽉 찬 것은 아닌지 걱정이 됐다. 더위에 지쳐서 빨리 휴식처를 발견하여 쉬고 싶었건만 갑자기 그의 자전거 타이어가 펑크 났다. 그 더위에 앉아서 펑크를 때워야 하는데 모기까지 극성을 부리기 시작했다. 나는 그 방갈로를 찾는 것을 포기하고 다시 도시로 돌아가자고 했다. 그러나 에릭은 꼭 찾아가서 그림과 같은 곳에서 휴식을 취해야 된다고 고집을 부렸다. 10분 정도 더 가 보고 없으면 돌아가자고 제안했고, 에릭은 알겠다고 했다. 그렇게 하기로 했다. 조금 가니 동굴 표시가 있었다. 관광객들이 보이기 시작했다. 이렇게 깊숙한 곳에 방갈로가 숨어 있다니! 그 모습은 꼭 영화에서나 볼 법한 아름다운 풍경이었다. 앞은 돌로 이뤄진 산 같았고 뒤로는 바나나 나무, 야자수가 배경처럼 꼿꼿하게 서 있었다. 너무나 평화로워 보였다.

방갈로 주인은 독일에서 산 경험이 있어 독일 사람들이 선호하는 주위에 볼 만한 것을 알려주었고 우리는 동굴 사원이 있다는 곳을 방문했다. 겉모습은 동굴인데 안으로 들어가니 수천 개의 불상이 있었다. 그 모습이란 화려하면서도 웅장하고 근엄했다. 그곳으로 많은 사람들이 도를 닦으러 온다고 한 이유가 저절로 이해됐다. 나도 몇 분간 그 안에 앉아 있으니 마음이 차분하고 평정을 찾은 듯한 착각을 일으켰다.

그 다음 날은 산 속에 감추어진 사원을 방문했다. 주변을 자전거로 다니며 자연에 흠뻑 취했다. 태국이 왜 사원의 나라라고 불리는지, 그 자연이 얼마나 아름다운지 실감할 수 있었다.

## '께꼬' 하고 우는 동물

춤폰에서 섬으로 가는 배편을 타고 우리가 제일 먼저 도착한 곳은 스노클링 관광객에게 인기를 끌고 있는 코타우 섬이었다. 저녁 배에 올라타고 잠깐 눈을 붙이고 일어나니 해돋이 때 섬에 도착할 수 있었다. 일출은 황홀하고 아름다웠다. 유럽인과 일본인 관광객들로 가득 찬 곳이지만 다행히도 다른 섬들보다는 훼손이 덜 된 편이었다.

배가 도착하니 다른 여행자들은 방갈로 주인들의 봉고차에 올라탔다. 에릭과 나는 자전거에 짐을 꾸려 독일 사람이 운영한다는 숙소를 찾아가기로 했다. 섬은 아직 사람의 손이 크게 닿지 않아서 길이 험했다. 급경사도 있었고, 아스팔트 상태도 좋지 않았다. 모랫길인 곳도 있었다. 오전 7시밖에 되지 않았는데도 햇볕이 얼마나 강한지……. 겨우 도착하니 방이 다 나갔단다. 몇 군데 방갈로를 물었지만 우리가 묵을 만한 곳은 없었다. 자전거가 이렇게 번거로운 짐이 될 줄이야! 방갈로를 찾다 보니 우리는 거의 섬 끝까지 오게 되었다. 나는 기진맥진해서 자전거를 탈수도 끌 수도 없을 정도로 지쳐버렸다. 무단 캠핑을 하려면 물도 필요하고 샤워도 해야 하는데. 섬에 들어온 것이 후회스러웠다.

그런데 어디선가 이상한 동물 소리가 났다. 께꼬, 께꼬! 그렇게 '께'에 힘을 주고 한 여덟 번 반복하더니만 한참 동안 소리가 들리지 않았다.

우리는 '새 소리인가?' 하며 그 소리가 들릴 때마다 조용히 따라했다. 아마 저 소리의 주인공이 우리를 숙소가 있는 곳으로 안내하여 줄지도 모른다며 그 소리를 따라 가 보기로 했다. 함께 자전거를 끌고 소리가 가까워지는 곳으로 무작정 향했다. 두 군데에 방갈로라고 쓰여 있었다. 거기서 갑자기 소리가 멈췄다.

우리는 우연히 발견한 방갈로를 살펴보았다. 방갈로는 아주 외진 곳에 누가 잡아가도 모를 바다 기슭에 위치해 있어서 조용하다고 그랬다. 한 방갈로에 들어가서 물으니 곧 오픈하게 될 방갈로인데 조금 불편하더라도 자전거도 놓을 수 있고 며칠 지낼 수 있다고 한다. 기슭에 위치해서 바닷바람도 잘 들어오고, 휴식을 취하기에는 너무나 좋은 곳이었다.

베란다와 침실은 바닷가 쪽으로 나 있어 누워서 바다도 보고 책도 읽을 수 있었다. 그런데 그 께꼬의 소리가 또 들리기 시작했다. 나는 그에게 나의 말이 맞지 않느냐고 물었다. 아무래도 저 새가 우리를 여기까지 데리고 온 것 같고, 우리 곁에서 우리를 지켜주는 것이라고 덧붙였다. 그러면서 나는 그 새가 한 번씩 울 때마다 따라했다. 너무나 귀엽게 들리는 소리였다. 따라하는 데도 재미가 붙었다. 꼭 방 안에서 들리는 것 같아 방갈로를 샅샅이 뒤졌지만 찾을 수 없었다. 더 이상 찾기를 포기한 나는 누워서 이 기슭에 어떻게 이런 방갈로를 지을 수 있었을까 생각하며 이곳저곳을 살폈다. 그러다 구석에서 시커먼 어떤 것을 발견하게 되었다. 그리고 그 시커먼 것에 손전등을 비춰 본 순간 나는 놀라 자빠질 뻔했다. 내 비명소리에 놀라서 방갈로 주인도 뛰어오고 에릭도 무슨 일이냐고 달려왔다. 주인은 천장에 붙은 검은 동물을 전등으로 비추어 자세히 보더니 일종의 도마뱀이라고 말했다. 에릭은 색이 너무 화려하고 예쁘다며 내가 놀랜 것은 신경도 쓰지 않고 사진을 찍고 호들갑을 떨었다.

주인에게 다른 방갈로로 옮겨야겠다고 했더니 그 동물은 섬에 수천수백 마리 있으며 다른 방갈로를 가도 마찬가지일 거라고 했다. 그리고 그 동물은 사람에게 절대로 해를 끼치지 않으며 야자수에 있다가 너무 더우면 방갈로에 와서 그늘에서 쉬고 그러다가 다시 밤이 되면 야자수로 간다며 걱정하지 말라는 것이었다. 그러면서 우리가 따라 했던 그 소리가 그 동물의 소리라고 했다. 내가 '께꼬'라는 별명을 붙인 동물은 새가 아니라 커다란 도마뱀이었던 것이다. 조금 실망스러웠지만 그 귀여운 소리가 계속 귓전에서 맴돌았다.

# 04

# 486일, 내가 우리가 되는 데 필요했던 시간

## 오랑우탄 가족

인도네시아에 도착했다. 이곳에서는 오랑우탄을 보기 위해 마을에 신청서를 작성한 후 관람료를 지불해야 했다. 오랑우탄은 하루에 두 번 볼 수 있는데 시간이 정해져 있었다. 오전 열 시와 오후 네 시였다. 그 시간에 맞추어서 가야 했다. 철창 안에 들어 있는 오랑우탄은 아무 때고 가서 볼 수 있지만 정글 속에 있는 오랑우탄은 먹이를 주러 가는 사람들하고 함께 가야만 가서 볼 수 있게 규정을 만들었다는 것이었다. 자유롭게 자연에서 뛰어다니던 케냐의 바분처럼, 그냥 가서 그들이 사는 모습을 볼 수 있으면 좋았을 텐데, 아쉽기만 했다. 우리는 오전 열 시에 오랑우탄을 보기로 했다. 한참을 걷다 조그마한 배를 타고 강을 건넜고, 도착한 곳에는 오랑우탄들이 철창에 갇혀 있었다. 몇몇 위험하지 않은 오랑우탄들은 나무를 이리저리 옮겨 다녔다. 오랑우탄에게 먹이를 주는 사람이 휘파람을 불어서 오랑우탄에게 신호를 보내면 오랑우탄이 모였는데 그때 그것을 관찰하며 사진을 찍으라고 안내해 주었다.

정말로 신호가 떨어진 후에 정글 속에서 부스럭거리는 소리와 함께 오랑우탄이 오는 소리가 들렸다. 모두들 긴장된 얼굴이었다. 어떤 날은 한 마리만 나타나고, 어떤 날은 떼거지로 나타난다고 했다. 많이 나타날수록 우리 같은 구경꾼에게는 좋은 구경거리가 될 것이라고도 했다. 아빠, 엄마, 아기 오랑우탄으로 된 한 가족이 등장했다. 이들은 우리 근처까지 와서 웃음 같은 것도 지어 보이며 바나나와 먹이를 놓아둔 곳으로 갔다. 반갑다고 너무 큰 소리를 지르면 다시 정글로 돌아갈 수도 있다는 안내자의 멘트에 다들 쥐 죽은 듯이 오랑우탄의 움직임을 살폈다. 성격이 급한 사람들은 카메라를 빼앗길지도 모른다는 안내자의 말을 완전히 무시하고 사진을 찍기 시작했다. 한 사람이 사진을 찍으니까 아빠 오랑우탄은 포즈까지 취해 주었다. 사람이 무엇을 하는지 알고 있는 듯 했다. 엄마 오랑우탄과 아기 오랑우탄은 재빨리 바나나가 있는 곳으로 가더니 한 개씩 까서 먹기 시작했다. 그러다 아기 오랑우탄이 바나나를 들고 나무를 타고 올라갔다. 그러자 엄마 오랑우탄은 괴상한 소리를 냈다. 우리가 무슨 일이냐고 물으니 안내자는 엄마 오랑우탄이 아기 오랑우탄에게 조금 먹으라고 하며 더 이상 바나나를 주지 않으니까 아기 오랑우탄이 바나나를 들고 나무로 도망을 가며 장난을 치는 것이라고 상황을 해석해 주었다. 나뭇가지에서 미끄러져서 떨어질 것 같으면서도 아기 오랑우탄은 바나나를 들고 까불다가 금세 엄마에게로 돌아갔다. 엄마 등에 타고 장난을 치다가도 우리를 의식하고 있는 것인지 이 나무 저 나무를 뛰어 다녔다. 정말로 사람과 다를 것이 없다는 생각이 들었다. 이렇게 귀엽고 예쁜 오랑우탄들을 한정된 자연에서만 볼 수 있다는 것이 아쉬웠다. 욕심 많고 경제적으로 넉넉하기로 소문난 인도네시아나 중국 사람들이 아기 오랑우탄을 애완용으로 키우기 위해 데려가곤 하는데, 오랑우탄이 나이가 들어 덩치가 커지면 귀엽지도 않다면서 다시 정글이나 숲에 버린다고 했다. 아무런 훈련 없이 일방적으로 자연으로 돌아오게 된 오랑우탄은 자연에 적응하지 못하는 경우가 많다고. 사람으로 치면 정신 발작 증세를 보이는 오랑우탄이 종종 있다는 이야기도 듣게 됐다. 동물 애호가들이 단체를 만들어 오랑우탄을 애완동물로 기르는 것을 금지하는 운동을 하고 이들을 보호하려고 하지만 아직은 그 힘이 부족한 것 같았다. 사람들의 욕심과 이기심이 얼마나 많은 동물들에게 피해를 주는지야 꼭 이 일이 아니더라도 여러 사건을 통해 알려졌지만, 정신 발작 증세가 오랑우탄에게도 생긴다니 안타까웠다.

우리의 시선이 아기 오랑우탄과 엄마 오랑우탄에게 간 것을 눈치 챈 아빠 오랑우탄은 혼자 앉아서 본인도 관심을 끌어보려고 바나나를 씹다가 혓바닥을 내밀어 바나나 으깨진 모습을 보여주며 괴상한 소리를 내기도 하고 나무를 흔들어 보이기도 했다. 그 광경이 무척 우스웠다. 바나나를 한참 먹고 난 후 갈증이 났는지, 물이 들어 있는 통으로 가더니 바가지 같은 것을 들어 물을 떠먹고는 그 바가지를 다시 머리에 뒤집어쓰고 왔다 갔다 하기도 했다. 안내자는 우리가 오늘 운이 좋다며 분위기를 띄웠다. 어떤 날은 오랑우탄이 한 마리도 나오지 않고 나온다고 하더라도 시큰둥할 때가 있는데, 오늘은 오랑우탄들이 기분이 좋은 것 같다고 했다. 그러면서 우리들이 기뻐하는 모습을 보니 본인도 기쁘다며 흐뭇해했다.

어떤 관광객은 오랑우탄을 본 것에 감격해서 눈물을 흘리기도 했다. 아마 나도 케냐에서 바분 원숭이를 만난 경험이 없었더라면 그 사람처럼 감탄했을지도 모른다. 우리의 조상이 원숭이 족 중 오랑우탄과 가장 흡사하다는 말에 공감이 됐다. 그날 밤은 아기 오랑우탄이 눈에 어른거려 잠을 설치기도 했다. 인도네시아에서 좋은 경험을 많이 했지만 그 어느 것보다도 기억에 남는 하루가 됐다.

## 시골의 인정

갑자기 아스팔트 길이 끊기고 울퉁불퉁 자갈길이 시작되었다. 한 시간 가량을 자전거로 달리니 자갈길이 끊기고 비포장도로가 나타났다. 비가 온 뒤 트럭이나 미니버스들이 달렸는지 도로에는 골이 많이 파여 있었다. 자전거로 겨우 달릴 수 있는 상황이었다. 그렇게 생긴 길이 얼마나 더 계속될지는 예측할 수 없었다. 도로 사정이 좋지 못하다고 해서 다시 100킬로미터나 달려온 길을 돌아간다는 것은 너무나 허무한 일이라는 생각이 들었다. 좀 더 가다 보면 도로 사정도 좋아지고 물을 살 수 있는 가게도 나오겠지……. 힘은 들었지만 꾹 참고 앞으로 전진을 계속했다. 그런데 점심 먹으며 채워 두었던 물은 결국 동이 났고 우리는 둘 다 땀으로 목욕을 했다. 갈증과 더위 때문에 더 이상은 어느 쪽으로도 갈 수 없는 상황이 되었다. 지나가는 차라도 있으면 좋겠다고 바랐건만 그렇게 사람이 많던 도시와는 달리 개미 한 마리도 지나가지 않았다.

나는 자전거를 두고 조금이나마 휴식을 취했고, 에릭은 생각하다 못해 야자열매를 따려고 했다. 가지고 있는 노끈에 돌멩이를 달아 위로 던졌고, 나는 나무에 올라가 보려고 했다. 둘이서 별별 수단을 쓰며 야자열매를 따려고 했건만 마음처럼 되지 않았다. 결국 포기. 해가 지거나 누군가 나타나기만을 간절히 바랐다.

시간이 한참 지났을 때 멀리서 자동차 소리 같은 것이 들렸다. 이제 우리는 살았다 싶어 그 차가 가까워지기를 기다렸는데 조그마한 오토바이를 탄 사람이 오고 있었다. 혹시 우리에게 나누어 줄 물이 있느냐고 영어로 물어 보았지만 알아듣지를 못하는 듯했다. 최후의 수단으로 에릭과 나는 보디랭귀지를 사용했다. 야자열매를 가리키며 그 위로 올라가 열매를 밑으로 내려 달라는 표시를 했다. 그 사람은 아무런 말도 없이 우리의 보디랭귀지를 이해했다. 금세 나무 위로 올라가더니 야자열매 여러 개를 우리에게 떨어트려 주었다.

문제는 우리가 이 열매 안에 든 물을 마실 만한 재주도 없었다는 것이었다. 에릭이 혼자서 낑낑대며 야자열매에 어떻게든 구멍을 내보려고 했지만, 쉽지 않았다. 그의 모습을 그저 지켜보기만 하는 것은 내게 너무나 심한 형벌이었다. 목이 바짝 말라왔다. 나는 궁리 끝에 야자열매를 땅에다가 매쳐 보기도 하고, 열매끼리 부딪쳐 깨어 보려고도 했다. 온갖 방법을 시도하다가 뾰족하게 생긴 돌멩이에다가 계속 한 부분을 찍으니 야자열매에서 물이 나오기 시작했다. 그때의 환희는 겪어본 사람이 아니면 모를 것이다. 우리는 그 물을 벌컥벌컥 쉴 새 없이 들이켰다. 다섯 개도 넘는 야자열매를 한꺼번에 마셨다. 그러고 나니 갈증이 조금씩 사라졌다. 제정신으로 돌아오는 듯한 느낌도 받았다. 그렇게 갈증을 해소한 우리는 곧 사람들이 사는 마을이 나타나기만을 고대하며 달렸다.

먹구름이 끼고 날은 어둑어둑 해졌다. 비가 올 것 같았다. 도로 사정도 좋지 않은데 아무리 달려도 사람 사는 마을이 나오지 않아 우리는 조금 암담한 상태였다. 그러다 나보다 몇 미터 앞서서 달리던 에릭이 환호성을 질렀다. 아주 작은 마을을 발견했기 때문이다. 마을에 불이 켜진 집은 세 채뿐인 것 같았다. 아래쪽에 몇 집들이 더 보여 우리는 속력을 내 그 마을에 도착했다. 지나가던 마을 사람을 붙잡아 여행 안내서에서 본 것처럼 마을의 반장 집이 어딘지 물었다. 우리 질문을 받은 사람은 그 산골 마을에서 영어를 조금 할 줄 아는 마을 선생님이라고 자신을 소개했다. 그러고는 자기 집이 누추하지만 괜찮다면 자고 가라고 했다. 우리는 거절하지 않았다.

그의 집 욕실과 화장실은 집 뒤에 나무 천막이 쳐져 있는 곳이라, 비를 맞으며 샤워를 할 수 밖에 없었다. 그렇게라도 땀을 씻고 쉴 수 있어서 다행이었다. 우리가 잠깐 쉬고 있는 사이에 그 선생님은 책을 보며 필요한 질문을 찾아서 우리에게 말을 걸었다. 우리는 우리의 목적지를 설명하고 서로의 말을 알아듣기 위해 온갖 노력을 다했다.

가장 미안하고 고마웠던 것은 그 사람들이 우리에게 잠자리를 제공해 주고 쉬게 해 준 것뿐 아니라 기르던 닭까지 잡아서 저녁 식사로 프라이드치킨을 만들어 준 것이었다. 외국 사람들이 프라이드치킨을 좋아한다는 것을 어디선가 들어본 모양이다. 우리나라도 시골로 가면 손님 접대가 아주 정성인데, 생각도 못 했던 인도네시아에서 그런 따뜻한 대접을 받다니 기분이 새로웠다. 본인도 살림이 넉넉하지 못할 텐데 기르는 닭까지 잡아 주고, 다음날도 하루 더 머물고 가라는 것을 겨우 사양했다. 답례로 얼마 되지 않는 돈을 주니 받지 않겠다고 하여 감사 표시를 하느라고 얼마나 힘들었는지 모른다.

## 영리와 영악은 종이 한 장 차이

낭만의 섬이자 환상의 섬이라 불리는 발리에 드디어 도착했다. 우리는 로비나 비치로 향했다. 가는 길은 아주 조용했다. 무슨 행사가 있었는지 전통의상을 입은 사람들이 눈에 들어왔다. 사람들은 우리가 자전거를 타고 가니까 반갑다며 소리를 지르고 야단법석을 떨었다.

발리도 다른 곳처럼 야자수가 많았는데, 그 나무를 보면 항상 갈증을 식혀 주는 금방 딴 야자열매를 마시고 싶은 충동을 느꼈다. 말이 조금 통하면 사람들에게 나무에 올라가 달라고 부탁을 해서 열매를 따고 사례를 했다. 그날은 그럴 필요도 없이 한 소년이 자전거에다가 야자열매를 싣고 오는 모습이 보였다. 나는 소년을 불러서 야자열매를 두 개 샀다. 다른 곳보다 더 비쌌다. 소년은 껍질을 싹 벗겨서 안에 것만 내게 주었다. 나는 이것을 자전거 가방에 넣고 숨겼다가 점심때가 되어 에릭 앞에 꺼내보였다.

"짜잔, 야자열매야! 당신이 빨리 앞에서 달릴 때 내가 어떤 남자애하고 이야기해서 산 거야."

야자열매를 받아든 에릭이 열매를 열어 보더니 소리내어 웃으며 말했다.

"하하. 그런데 물이 하나도 없는 야자열매네!"

기쁜 마음이 앞서서 야자열매를 꼼꼼하게 확인하지 않았던 것이 문제였다. 물이 다 빠진 열매인지도 몰랐던 것이다.

## 돈, 돈, 돈!

인도네시아 만다우에 도착해서 여행을 마무리하고 필리핀으로 가는 배편을 알아보니 정규적으로는 일주일에 한 번씩 떠나기로 되어 있지만, 딱히 정해진 것도 아니라는 대답이 돌아왔다. 급하게 가려면 그 다음날 이동하는 화물선을 이용하라고 누군가가 알려 주었다. 몸이 피로한 것도 아랑곳하지 않고 우리는 그 다음날 화물선이 떠나는 항구로 돌진했다. 티켓을 사고 화물선이 떠나기만을 기다렸다.

화물선인 만큼 안락한 방이 없는 것은 당연했다. 선원 중 한 사람이 얇은 마포를 주었다. 갑판 위 아무 데서나 이틀 동안 지내면 된다고 했다. 20명쯤 배에 타고 있었는데 대부분 인도네시아와 필리핀을 왕래하는 상인들이었다. 유럽 배낭 여행객도 몇 명 있었다. 배의 시설이 엉망인 터라 여러 가지 위생시설이 걱정이 되었건만 의외로 샤워 할 수 있는 물도 공급해 주고 잠자리만 조금 불편할 뿐 견딜 만했다.

그렇게 이틀을 자는 둥 마는 둥 하면서 도착한 곳이 제네럴 산토스였다. 배에서 내렸을 때 우리는 다시 인도로 돌아온 것 같다고 생각했다. 지프니라는 차들은 요란한 색으로 장식이 되어 있고, 그 차에 탄 사람들은 열매처럼 차에 주렁주렁 매달려 있어서 인도를 연상시켰다. 더위와 매연 때문에 빨리 한국으로 가고 싶다는 마음이 더욱 커지는 순간이었다.

식당에서 밥을 먹고 있는데 갑자기 식당 건물이 흔들리는 듯한 진동을 느꼈다. 이틀 동안 배를 타고 와서 몸이 흔들리는 느낌을 받았나 하고 생각했는데, 주인이 우리에게 지진이 났다고 알려 주었다. 식당 주인은 이런 지진이 있으면 금방 비가 오는데 하고 혼잣말을 했다. 그리고 우리에게 어떻게 이럴 때 자전거로 여행을 하느냐며, 아주 약한 지진은 이 나라에 자주 있는 일이라서 그네들에게는 별 일이 아니지만, 여행자들은 조금 걱정이 된다고도 했다.

그 주인의 말은 점쟁이의 예언처럼 맞아 떨어졌다. 점심을 먹고 떠나려는데 먹구름이 어디서 밀려 왔는지 온통 하늘이 까맣게 되더니 빗방울이 뚝뚝 떨어지기 시작했다. 한참 폭풍이 올 때라면서 우리에게 때를 잘못 맞춰서 왔다고 했다. 제네럴 산토스에서 하루를 묵고, 그 다음날 비가 그치면 떠날 것인지, 주인의 말대로 다바오까지 버스를 타고 갈 것인지 망설이다가 지진이 있는 곳에 있는 것보다는 버스를 타고 빨리 다바오로 가는 것이 좋을 것 같다는 생각이 들어 에릭에게 그렇게 말했다.

우리는 버스로 다섯 시간을 달려 다바오에 도착했다. 오후에 도착해 보니 이곳까지 먹구름이 좇아와 비가 보슬보슬 내리고 있었다. 서둘러서 짐을 꾸리고, 가까운 곳에 숙소를 잡았다. 시설은 인도네시아랑 비슷하지만 가격은 세 배나 차이났다. 비가 와서 다른 곳으로 옮겨갈 수도 없었다. 그렇게 필리핀에서의 첫날을 번거롭게 보냈다. 다음날도 비는 그칠 생각을 하지 않았다.

인도네시아에서 남은 돈을 환전하려고 은행에 가니 은행원은 우리에게 인도네시아 돈은 환전이 되지 않는다고 말했다. 은행을 여러 곳 돌아다녀도 환전이 불가능하다는 말뿐이었다. 환전소에는 반값만 지불해 주겠다고 하니 난감하기 짝이 없었다.

근접한 나라인데다 왕래도 자주 하면서 환전해 주지 않는다니, 말이 되느냐고!

마닐라 중앙은행에도 전화를 걸어서 알아보았지만 정상

가격으로 환전하는 것은 불가능한 일이었다. 인도네시아 돈을 생각보다 많이 가지고 있었기 때문에 손해가 막심했다. 여행 내내 가지고 있다가 독일에 가서 환전하는 수밖에는 다른 방법이 없는 듯했다. 이러한 우리 사정을 가만히 듣고 있던 호텔 매니저가 어딘가로 전화를 걸더니 우리에게 환전할 수 있는 다른 은행을 소개시켜 주겠다고 했다. 그곳에서도 손해 보기는 마찬가지이지만 다른 은행처럼 절반 가격에 환전해 주는 것은 아니라고 했다. 그 은행은 환전소랑 거래를 하고 있었다. 그의 도움으로 20퍼센트 정도 손해를 보고 환전할 수 있었다. 어떻게 은행이 환전소랑 일을 할 수 있는지 의아해서 혹시 불법이 아니냐고 물었지만 법적으로 허락된 일이라며 걱정하지 말라는 대답이 돌아왔다.

경기가 불안정한 나라의 돈은 그 나라에서 모두 사용하든가 기념품 정도로 가지고 있을 금액만 남기는 것이 알뜰하게 여행하는 방법임을 깨달을 수 있었다. 달러를 소유하고 있으면 모든 것이 간단하게 해결되었을 텐데 하는 생각도 잠깐 해 보았다.

## 이 바다에서 죽을 수는 없어

하루에도 몇 차례씩 비가 쏟아지니, 에릭은 태풍을 피해서 이동할 수 있도록 여행 경로를 바꾸겠다고 했다. 지도를 열심히 살피더니 카모테라는 조그마한 섬에 가 보고 싶다고 했다. 세부에 가니 그 섬으로 갈 수 있는 배편이 있었다. 마침 그 섬에서 여행을 마치고 돌아오는 여행객을 만났다. 너무나 아름다운 곳이라며 꼭 가 보길 권했다. 관광객도 없고 사람들도 때 묻지 않아서 본인은 파라다이스를 발견한 기분이라는 소리에 나는 다른 것은 생각하지 않고 무조건 그 섬으로 가는 것에 동의했다.

섬에 도착하니 사람들이 몰려 나와 우리에게 관심을 보이기 시작했다. 그 섬에는 숙소가 없어서 항구로 가려는데 사람들이 해변가에서 캠핑을 하라고 권했다. 열심히 모래사장 위에 텐트를 치고 나니 한 아주머니가 와서는, 밤에 태풍이와 폭우가 내릴 거라는 라디오 방송을 들었다며 본인이 혼자 살고 있으니 와서 머물다 가라고 권했다. 처음에는 날씨가 맑아서 괜찮을 거라고 거절했지만 자꾸 권하는 바람에 더 이상 거절하기가 미안한 상황이 됐다. 에릭은 이탈리아에서처럼 혹시 태풍이 갑자기 닥치면 허겁지겁 뛰는 것도 힘들지 않겠느냐고 했다. 그의 말도 일리가 있어서 아주머니 집으로 짐을 옮겼다.

그날 밤에는 정말로 태풍이 왔다. 심한 바람과 파도, 폭우로 온 섬이 휘청거렸다. 아주머니 집은 그 마을에서 제일로 튼튼하게 지은 것처럼 보였는데도 아침에 일어나 보니 거실 천장에서 물이 뚝뚝 떨어지고 있었다. 야자수들이 꺾인 모습도 보였다.

그 이후로도 비는 계속 왔다. 아주머니에게 이틀간 비가 멈출 때까지 쉬겠다고 양해를 구한 후 우리는 오랜만에 소설책을 읽으면서 시간을 한가하게 보냈다. 동네 사람들은 우리에게 이것저것 먹을 것도 가져다주었고, 우리가 무얼 하나 주시했다. 철장에 갇힌 원숭이가 된 것 같은 기분도 조금 들었다.

비가 그치고 아주머니의 집을 떠나 길을 나섰다. 길은 비포장도로였다. 자전거로 달리기에는 힘들었지만, 관광객이 거의 찾아오지 않는 곳이라서 깨끗했다. 사람들도 아주 순수하고 그 나름의 재미가 있었다.

동네 사람들과 아쉬운 작별을 하고 우리는 배가 떠난다는 항구로 시간을 맞추어서 갔다. 태풍도 지나간 것 같았다. 그런데 배가 뜨지 않는다는 안내를 받았다. 바다는 고요했다. 왜 배가 뜨지 않는지 이유를 묻자, 배가 그 항구에서 직접 뜨는 것이 아니라 세부에서 와야 하기 때문에 기다려야 된다고 했다. 아주머니 집으로 다시 가려면 두 시간 동안 자전거를 타고 가야 했다. 항구 근처에 숙소를 구했다. 또 하루를 머물기로 했다. 그런데 그 다음날도 배는 떠나지 않는다고 했다. 다만 천천히 가는 배를 이용해서 다나오까지 간 뒤 자전거로 40킬로미터나 되는 거리를 더 가면 세부까지 갈 수 있다고 했다. 파업에 들어간 건지, 다른 이유가 있는지 알 수 없었지만 항구 사람들도 확실한 이유를 모르겠다고 했다. 그렇다고 계속 그렇게 기다릴 수도 없었다. 조금 힘들고 번거롭더라도 다른 배를 이용해 카모테 섬을 떠나기로 했다. 섬을 떠나려고 하니 아이들이 본인들을 사진을 찍어 달라고 온갖 재주를 부렸다. 아이들은 에릭과 장난을 치기도 했다. 우리는 그 아이들과 헤어지는 것이 아쉬웠지만 다음 만남을 기약한다 생각하고 배에 올랐다.

한 시간쯤 갔을까, 하늘이 갑자기 어두워지기 시작하더니 그 고요하던 바다에 강풍과 파도가 몰려왔다. 배는 심하게 흔들렸고 잘 세워 두었던 우리 자전거도 쓰러졌고, 들이치는 비를 막느라고 급하게 천막을 쳤지만, 배는 순식간에 아수라장이 되었다. 배가 얼마나 요동치던지, 멀미까지 와서 기력이 다 빠졌고, 결국 기진맥진해서 쓰러지기 직전이었다. 에릭도 조금 힘들어했다. 파도와 배가 부딪히면서 바닷물이 배 안으로 들어왔고, 나는 오늘이 내 마지막 날이 될지도 모르겠다는 생각까지 들었다. 바닷물 때문에 나의 옷과 짐들은 모두 젖었고 죽어도 이렇게 죽는 것은 참으로 비참하다는 생각이 들었다. 하지만 할 수 있는 것이라고는 하늘에 대고 도와달라고 기도하는 것밖에 없었다. 그렇게 한바탕 난리를 치르고 지쳐 쓰러져 잠이 들었는데, 눈을 떠보니 도착지까지 잘 도착해 있었다. 하지만 짐은 모두 바닷물에 젖었고 사람들 역시 꽤 지쳐 있었다. 나는 일어설 수도 없을 정도로 힘이 빠져서 제대로 걷지도 못했지만 바닷물에 빠져서 죽지 않고 이렇게 살아오게 된 것만으로도 감사할 수밖에 없었다. 그리고 다시는 배는 타지 않겠다고 다짐했다. 그리고 필리핀을 떠날 때까지, 아니 여행이 끝날 때까지 배의 이용을 피하기로 작정했다.

## 비자 신청은 말끔한 복장으로

에릭과 나의 인연을 만들어준 친구 티안유가 사는 대만에 가기로 했다. 예전 독일 유학이야기도 하면서 즐겁게 보내려고 비자를 신청하러 영사관에 갔다. 그런데 에릭은 샌들을 신어서 출입이 불가능하고 나는 반바지를 입어서 출입이 안 된다고 했다. 복장이 불량해서 비자를 신청할 수가 없었다.

여행자이다 보니 다른 신발이 없었다. 다음날 등산화를 종이봉투에 담아서 출입 전에 신발을 갈아 신고 영사과에 신청을 하러 갔다. 담당자는 비자 기간이 2주뿐이라고 했다.

그 시간 동안 대만을 여행하는 것은 너무 짧다, 다른 목적도 있으니 비자를 조금만 더 연장해 달라 하고 담당자에게 사정을 설명했다. 담당자는 대만 친구의 초대장이 우선 필요하고, 정확하게 대만을 떠나는 날짜도 기입해야 한다고 일러주었다.

대만 친구에게 연락이 와도 절차를 밟는 데는 일주일이 걸렸다. 마닐라의 마카티에서 있는 것은 우리에게 지옥이나 마찬가지였다. 극심한 더위, 너무 많은 사람들, 그리고 지내는 숙소까지 영 마음에 들지 않았기 때문에 빨리 필리핀을 떠나고 싶었다.

맛있는 것도 매일 먹으면 물리는 것처럼, 우린 동남아시아와 여행에 거의 지쳐가고 있었다. 영사관에서 나오고 보니 힘도 빠지는 것 같았다. 왠지 김치를 먹으면 힘이 날 것도 같아 한국 식당을 찾아갔다. 그곳은 사람들로 가득했고 정겨운 목소리가 들려 너무나 반가웠다. 우리는 점심 메뉴를 시키고 어떻게 해야 될 것인가 의논했다.

어디로 갈까? 대만? 한국?

## 타지에서 만난 한인 동포

식당에서 반찬을 먹다 고개를 든 순간 어느 한국인 아저씨와 눈이 마주쳤다. 나는 얼떨결에 목례를 했다. 그 아저씨는 식당에 있는 사람들이 다 듣게 큰소리로 외쳤다.

"엇, 아가씨 한국 사람이야? 나는 필리핀 여자인 줄 알았는데! 왜 그렇게 얼굴이 까매?"

그렇게 대화가 시작되었다. 아저씨에게 우리의 여행이야기와 대만 방문에 관련된 얘기를 했다. 아저씨는 "참 대단한 여행이네.” 하며 그렇게 힘든 여행을 했으면 이런 타지에서는 같은 한국 사람이 도와 주어야 한다고 말했다. 그러고는 점심 먹고 있으면 다시 올 테니 기다리라고 했다. 점심을 먹고 나니 아저씨가 정말 되돌아왔다.

아저씨는 우리에게 당신이 잘 아는 한국인이 경영하는 호텔이 있으니 그곳에서 푹 쉬라고 했다. 아저씨는 정말로 우리를 호텔로 데리고 갔고, 그곳에 있는 사람들에게 우리를 가리키며 한국에서 온 동생이라며 잘 부탁한다고 말했다. 비용은 아무 걱정을 하지 말라면서 쉴 만큼 쉰 다음에 대만으로 떠나라고 했다. 여행 이야기는 그저 하소연이었고, 숙소 이야기 역시 큰 뜻 없이 한 말인데, 그렇게 호의를 베푸니까 사실 놀랍고 당황스러웠다.

호텔은 젊은 한국 부부가 운영하고 있었다. 꼭 가족 같은 분위기였다. 공부를 하러 온 한국학생들이 장기로 투숙해 있었고, 사업차 오는 한국 사람들이 편안하게 쉬면서 일을 볼 수도 있었다. 오랜만에 한국 음식으로 저녁을 먹고 한국 사람들의 필리핀 생활담도 들었다. 우연히 알게 된 한 아주머니는 아들이 독일에서 유학 중이라면서 에릭의 손을 잡고 반가워했다. 시간이 나면 독일에서의 생활 이야기도 듣고 싶으니, 저녁 식사에도 초대하고 싶다며 언제든 연락하라면서 자신의 연락처를 주었다. 오랜만에 그렇게 많은 한국 사람들을 만나고 따뜻한 사랑을 받으니 기분이 너무 좋았다. 그동안의 긴장과 피로가 풀리는 듯했다.

혹시나 하고 기다렸던 대만 비자는 규정대로 한국인이기에 14일밖에 받을 수 없고, 독일 사람은 1개월을 준다고 했다. 14일로는 도저히 대만을 자전거로 여행할 수 없다며 대만 대사님을 만나 이야기를 해 보아도 규정이기에 다른 방법이 없다는 것이었다. 14일로는 아무리 생각해 봐도 여행이 불가능했다. 그러자 갑자기 대만에 가기 싫어졌다. 때로는 포기를 할 줄 아는 용기도 필요하다는 생각이 들어 과감하게 우리는 대만 여행을 포기하고 한국행을 서둘렀다.

마닐라에서 우리에게 숙소를 제공했던 아저씨, 호텔 주인, 선교사 내외분이 아는 여행사에 이야기해 주어서 비행기 표도 조금 싸게 살 수 있었다. 게다가 국위 선양을 하면서 세계를 16개월 여행했는데 수화물 지원을 못 하면 세계적인 항공사로 자리 잡을 수 없다고 말하던 아시아나 마닐라의 공항 직원들의 도움이 없었더라면 그렇게 무사히 한국을 향해 떠날 수 없었을 것이다.

## 두 남자와 함께

"한국은 아름다운 곳이니까, 놀러 와!"

인도의 아그라에서 라파엘을 알게 되어 무심코 지나가는 말로 한국에 놀라오라고 한 적이 있었는데 라파엘이 정말로 일본에서 한국으로 건너왔다. 한국에 도착한 뒤부터 기다렸던 것처럼 몸의 여기저기가 아팠었는데, 라파엘이 도착할 때쯤 다행스럽게도 몸이 점점 회복되고 있었다. 나는 서울 출발해 강릉으로 향했고, 천안에서 라파엘과 동행하기로 했다.

천안에서 서산으로 향하는 국도는 자전거로 달리기에도 아주 조용하고 코스모스도 많이 피어 있었다. 주말이나 연휴 때 도시의 번거로움에서 벗어나 자연을 만끽할 수 있도록 곳곳에 시민들이 쉴 수 있는 공간과 커피숍, 식당, 드라이브 코스 등이 다양하게 마련되어 있었다. 응봉 삼거리, 아산온천 방향까지는 조금 힘든 구간이었는데 삽교 유원지로 오니 많은 사람들이 가족 단위로 소풍을 나오거나 낚시를 하는 모습이 보였다.

우리는 동생이 정성들여 싸준 김치전과 밥을 먹으려고 자리를 폈다. 사람들은 우리에게 흥미를 갖기 시작했다. 한 아주머니와 아저씨는 다가와서 우리가 먹는 것을 보시더니 조금 더 빨리 왔더라면 함께 식사를 할 수 있었을 텐데 하며 싸오셨던 반찬과 후식까지 가져다주었다. 에릭과 라파엘이 한국 사람들의 따뜻한 정을 받게 되어서 기분이 좋았다.

이윽고 목적지인 서산에 도착했다. 그런데 한국에서도 숙소 문제가 있었다. 라파엘은 부산에서 하루 1만 원 정도를 주고 잤다며 그 수준에서 숙박업소를 찾아달라고 한 것이다. '장'이라고 붙여진 곳에 가도 하룻밤에 3만 원이 넘었다.

방법은 모두 한 방에서 자는 것뿐이었다. 라파엘의 경비를 조금이라도 줄여 주기 위해 우리는 번거롭더라도 그렇게 하기로 하고 방을 구하러 다녔다.

"두 남자와 혼숙하는 건, 불법이라 안 돼요."

매번 같은 말이 돌아왔다. 맞는 말이다.

혼숙은 불법이라고 하니, 라파엘은 여인숙을 알아보자고 했다. 여인숙 비용도 결코 저렴하지 않았다. 게다가 너무나 지저분했고 욕실과 화장실은 공용이었다.

궁리 끝에 라파엘과 에릭이 형과 동생이라고 하면 한 방에서 잘 수 있으니까 형제인 척 시도를 해 보기로 했다. 한 가지 특이한 건, 다른 나라에서는 방을 정하기 전에 방의 상태를 점검하려 해도 문제가 없었건만, 서산에서는 방의 상태를 확인하고 싶다고 하니 숙소 주인이 화를 내는 것이었다. 확인 끝에 다행히도 잘 만한 곳을 찾아 혼숙을 할 수 있었다.

## 더불어 산다는 건

타인과 더불어 사는 연습이 부족하기 때문일까? 라파엘이 채식주의자이다 보니 식당을 고르는 데도 적지 않게 신경이 쓰였다. 첫날부터 87킬로미터를 오르락내리락 달렸더니 몸이 무척 피곤했다. 게다가 라파엘이 밤새도록 코를 고는 바람에 에릭과 나는 잠을 한숨도 자지 못했다. 함께 여행하는 것은 좋지만 한 방을 쓰는 것은 불가능하다는 결론을 내렸다. 에릭은 라페엘에게 숙소의 비용이 너무 비싸면 여행은 함께 하고 잠은 다른 곳으로 자는 게 어떠냐고 물었다.

그런 말은 딱 부러진 외국 사람들만 할 수 있는 것인 듯했다. 라파엘이 알겠다고는 했지만 미안했다. 한국에 오라고 한 건 우리인데, 우리랑 함께 다니느라 비싼 숙소에서 자야 하는 게 라파엘로서는 불편할지도 모른다는 생각이 들었다. 우리가 그리 잘 챙겨주지 못하는 것 같았다.

서산에서 태안을 지나 안면도 백사장에 들러 바닷가의 냄새를 맡으면서 달리다 보니 어느덧 무창포에 다다랐다. 무창포는 신비의 바닷길로도 잘 알려진 곳이다 한 달에 두 번씩 바다에 길이 생겨서 앞에 보이는 조그마한 섬까지 걸어 들어갈 수가 있는데 우리가 방문한 시기는 너무 빨라 기다릴 수가 없었다. 할 수 없이 다음 기회로 미루었다.

그렇게 3일간의 여행이 끝났다. 4일째에는 기대하지 않았던 비가 우리를 반겨주었다. 아침 일찍 일어나서 오후에 온다는 비를 피해 떠나려고 무장을 다하였건만! 비는 아침부터 주룩주룩 내리기 시작했다. 하루 종일 방 안에 있는 것은 시간낭비일 것 같았다. 무료했다. 하여 우리는 버스를 타고 군산 시내로 나갔다. 시장에 가서 과일을 살 때나 슈퍼에 갈 때나 밥을 먹을 때, 에릭과 라파엘의 키가 너무나 크고 나는 너무 작으니까 사람들이 우리를 자주 쳐다보았다. 아주머니 아저씨들 중에는 장난과 농담을 섞어 키 차이를 두고 농담을 하는 사람들도 있었다.

다음날은 비가 그쳤다. 다시 기쁜 마음으로 안장에 앉을 수 있었다. 하지만 금강에서 부안까지는 도로 사정이 최악이었다. 무리지어 다니는 트럭들은 우리들을 제압할 것처럼 경적을 빵빵 울려대며 우리를 놀라게 했다. 도로가 2차선인데다가 비상도로도 제대로 갖춰지지 않았다. 길은 울퉁불퉁했다. 정말로 자전거 타는 것이 재미없었다.

짧은 거리를 달렸을 뿐이지만 부안에 도착하니 온몸에 힘이 쭉 빠지는 것을 느낄 수 있었다. 우리의 축 늘어진 어깨를 보고 눈치를 챘는지 점심을 먹으러 간 식당 아주머니가 따뜻한 인정을 베풀어 주었다. 아주머니는 도넛과 몇 가지 먹을거리를 시식해 보라며 가져다주었다. 그리고 본인이 하지 못하는 자전거 여행이 신기하다며 너무 부럽다고 말을 이었다. 우리를 친자식 대하듯 많이 먹으라고 계속 먹을 것을 챙겨주었다.

휴식을 취한 후 채석강을 향해 아름다운 바닷가를 따라 달리는 기분은 직접 경험해 보지 않고는 못 느끼는 감정일 것이다. 그 사이에 채석강은 정말로 너무나 많이 변해 있었다. 식당을 비롯한 여러 상가들이 많이 생겨났고, 못 봤던 둑도 있었다. 바닷가가 보이는 채석강에서 숙소를 정한 후 우리는 바다노을과 낚시꾼들의 모습을 구경하면서 채석강의 아름다움을 만끽했다.

아쉬웠던 것이 있다면, 그곳이 관광지인 터라 숙박비가 비쌌고, 채석강을 보는 데에도 입장료를 내야 한다는 것이었다. 채석강 주변에 있는 내소사가 아름답다는 이야기를 들은 우리는 그 다음날 등산을 하기로 했다.

## 왕 수다쟁이 두 남자와 나

"카메라 어디 있지?"

내소사 근처에 도착해 버스에서 내리고서야 그 정신이 들었다. 타고 온 버스 안을 다 뒤졌지만 카메라가 보이지 않았다. 버스를 기다리면서 라파엘과 수다를 떨다가 그 자리에 놓고 온 것 같다고 했다. 그 가방 안에는 카메라뿐 아니라 돈이나 여권 같은 중요한 우리들의 서류가 다 들어 있었다. 무슨 남자들의 수다가 그리도 긴지! 무엇보다도 에릭의 부주의에 화가 났다. 일단은 일을 빨리 수습해야 되었기에 경찰서에 전화를 해서 자초지종을 설명했다. 버스가 와야지만 채석강으로 다시 돌아갈 수 있었다. 그 길로 나가서 택시나 차량을 구할 수 있으면 타고 가겠다고도 했다. 가게 앞과 버스 정류장에 가방이 있는지 알아보아 달라고 부탁도 했다.

그 상황에서 라파엘은 자신이 무엇을 하면서 지내야 할지 모르겠다며, 내게 조언을 구하려고 했다. 순간 벌컥 화가 치밀어 올랐다. 이쪽의 급박한 상황은 본 척도 않고, 낯선 땅에서 무얼 하며 지내는 게 좋을지 물으니 어찌 화가 나지 않을까. 당연히 함께 카메라를 찾으러 간다고 할 줄 알았는데……. 이게 유럽인과 동양인의 차이인가?

결국 성질을 참지 못하고 너 하고 싶은 대로 하라고 신경질을 부리면서 지금 이 상황에서 할 말이냐며 따졌다. 그리고 길거리에서 차를 잡아타기 위해서 걸어나갔다. 사람은 원래 자신밖에는 모른다고들 하지만, 라파엘은 조금 너무하다 싶었다. 난 나름대로 한국에 오라고 했던 말에 책임을 지고 잘해주려고 노력도 하고 힘들게 느껴질 때도 짜증 한 번 내지 않았건만. 잠시 동안은 라파엘과 여행하는 것을 그만두어야겠다는 생각을 하기도 했다.

잔뜩 흥분해서 차를 잡기 위해 동동거리고 있는데 경찰서에서 전화가 왔다. 카메라 가방을 찾았다며 확인하고 저녁에 찾아가라는 것이었다. 안도의 한숨이 나오면서 화가 조금씩 가라앉기 시작했다. 조금 참을 것을 라파엘한테 괜히 심하게 한 듯해서 미안한 마음이 들었다.

내소사에 들어서니 라파엘이 우리를 발견하고 무척 반갑게 맞았다. 내가 먼저 화를 낸 부분에 대해 사과했고, 내가 가진 불만에 대해서도 차분하게 이야기했다. 라파엘 역시 숙박요금이니 음식 때문에 매번 신경을 쓰게 하여 미안했다며 좀 더 주의하겠다고 말했다. 그는 나로 인해 한국에서 편안하게 여행할 수 있었다며, 내 고개가 수그러질 정도로 나에게 고마움을 표했다. 라파엘과 시원하게 얘기를 하고 서로에게 서운했던 것도 풀고 나니 내소사로 향하는 길이 한층 더 신이 났다.

내소사를 보고 직소폭포와 선녀탕을 감상하며 등산을 하는 데도 세 시간이 꼬박 걸렸다. 등산길은 너무나 가파른 오르막이었지만 웅장하고 아름다운 서해안의 모습을 볼 수 있어 좋았다. 단풍이 곳곳에 물들어 있었고, 보름 정도가 지나면 더욱더 아름다운 자태를 뽐낼 것 같았다.

채석강을 떠나는 일이 아쉽긴 했지만, 우리는 다음 목적지인 영광으로 향했다. 지도상으로 보니 채석강에서 목포까지

가는 차량도 상당히 많은 것 같았다. 볼거리도 많지 않을 것 같았는데 의외였다. 도로에는 차량도 없고 날씨도 너무나 맑아서 편안하게 달리기 좋았다.

도중에는 줄포를 떠나 무창으로 가는 길에 고창 고인돌의 유적방문 표시가 되어 있어서 또 반가웠다. TV에서만 보던 고인돌을 직접 보니 느낌이 새로웠다. 말로 옛 선조들의 지혜와 힘이 느껴졌다.

## 아쉬운 이별

그 이름도 유명한 영광굴비를 구경도 못 하고 우리는 비와 추위를 피하기 위해 영광에서 목포로 향하는 버스를 이용하기로 했다. 다행스럽게도 목포행 버스가 많았다. 혹시 자전거가 세 대라 실을 때 불편할까 염려했지만 버스는 텅텅 비어 있었다. 게다가 사람들이 아주 적극적으로 도와 주어서 목포까지 무사히 올 수 있었다.

목포에 도착하니 비가 조금 그쳤다. 라파엘은 자전거를 탈 때 짧은 바지를 입고 탔는데, 비를 맞으며 자전거를 탔기 때문인지 감기 기운이 있는 것 같다고 했다. 좀 쉬고 싶어 하는 그를 뒤로 하고 에릭과 둘이서 유달산을 보러 갔다. 유달산 자체도 장대하고 볼 만했지만 주위에 조각공원과 상당히 조화가 잘 이루어졌고, 시민들의 휴식과 문화 공간으로도 좋은 듯했다.

숙소로 돌아오니 라파엘에게는 감기 기운이 완연했다. 미열이 있는데다 어지럽기까지 하다며, 라파엘은 아무래도 다른 곳으로 가는 게 좋을 것 같다는 말을 했다. 그러면서 그에게 한국은 조금 비싼 관광지이고, 일기예보에서는 앞으로도 남쪽에 계속 비가 올 거라고 하니 자전거를 타기가 힘들 것 같다는 말도 덧붙였다. 다음날 서울까지 버스를 타고 가서 호주로 가는 것이 좋겠다고 했다.

한국의 가을 날씨가 아름답다고 실컷 자랑했는데 그동안 비만 자주 왔다. 비가 오지 않은 날은 고작해야 열흘 남짓뿐이었다. 앞으로는 자전거도 타지 않고 서울까지 간다니 혹시 내가 서운하게 해서 그런 것은 아닌가 싶어 미안하다고 사과를 했다. 라파엘은 그런 이유가 아니라고 말했다. 날씨와 재정적인 이유 때문이라며 한국은 꼭 다시 방문하고 싶은 나라라고 했다. 언젠가 다시 올 것이라며 그때는 자전거 없이 방문하고 싶다는 말도 했다.

## 대한민국이여, 협조 좀 해 주세요

사람과 이별하는 것은 힘들다. 며칠간 뒤에서 나를 보호하며 함께 자전거를 타던 라파엘이 더 이상 보이지 않으니까 허전했다. 빨리 달려도 느리게 달려도 몸에 닿는 바람이 잘 느껴지지 않을 정도였다. 그런 쓸쓸함을 느끼며 율포를 향해 달리던 참이었는데 갑자기 택시기사가 우리 앞에 비상등을 켜고 우리를 세웠다. 택시기사는 당신도 상당히 여행을 좋아한다며 본인을 소개했다. 그는 우리에게 어떻게 여행을 시작했느냐 같은 질문들을 쉴 새 없이 했다. 여행하다 가끔씩 만나게 되는 사람들에게서 받는 따뜻한 관심과 정. 그 택시 운전사의 따뜻함이 라파엘의 빈자리를 메워주는 듯했다.

저녁에 도착한 율포는 동네 사람들의 말에 의하면 조그마한 관광지이지만 숙박시설이 너무나 엉망이었다. 한 곳에만 여관이 있었고 모두 민박이었는데 가격도 비싸고 위생시설도 형편없었다.

결국 율포의 어설픔과 고요를 뒤로 하고 순천으로 향했다. 순천으로 오는 바닷길은 너무나 조용했다. 도로에는 그와 나 단둘이었다. 긴 여행 중에 있었던 일들에 대해서 생각할 수 있는 시간이었다. 그 도로를 달리며 기억하고 반성하는 시간을 가질 수 있었다.

비가 막 내리려고 할 때 순천에 도착했다. 순천은 소비 도시라서 그런지 역시 숙박비가 다른 곳보다 비쌌다. 순천 시내에는 볼거리가 거의 없었다. 가깝게 위치한 송광사와 선암사의 방문을 권유 받은 터라 송광사에서 선암사까지 등산을 계획했다. 우리는 우선 순천에서 송광사로 가는 좌석버스를 탔다. 50분이 걸렸다.

송광사에서 선암사까지는 세 시간 정도가 걸렸다. 송광사는 절의 규모가 상당히 크고 보수공사를 많이 한 탓에 현대적인 느낌이 들었다. 반면, 선암사는 자연 그대로의 모습을 이어가고 있는 듯해서 조금 더 정이 갔다.

순천을 떠나 여수로 향하는 국도에는 차량이 거의 없었다. 보슬비가 조금씩 내리다가 그쳤다. 가을의 신선함이 피부 깊숙한 곳까지 전해지는 것 같았다. 먹음직스러운 감이 주렁주렁 열려 있었는데, 따먹는 감의 맛이 정말 남달랐다.

여수는 순천에서 먼 거리가 아니라서, 빨리 도착하면 좋겠다고 생각했다. 여수에서 지난번에 돌산도 보고 오동도도 가서 재미있게 보냈기 때문이었다. 다음에 기회가 되면 여수

주변의 섬을 꼼꼼하게 돌아보고 싶어졌다. 그런 욕심이 생길 정도로 여수는 아름다웠다. 하지만 여수에서 배를 이용해 남해로, 남해를 거쳐 사천으로, 그리고 거제도를 가려고 했던 계획을 바꾸어야만 했다. 남해에서 사천까지 가는 배가 없으며, 다가오는 폭풍 때문에 오후에 남해로 가는 배가 뜰지 여부를 확신할 수 없다는 것이었다. 그리고 남해에 도착한다고 해도 비가 오지 않는다는 보장이 없었다. 숙박 관계도 그랬다. 일단은 무엇보다도 태풍이 오면 자전거로는 꼼짝할 수 없는 상황이 오기에 궁리 끝에 모든 일정을 포기를 하고 부산으로 방향을 바꾸었다.

부산에서 도착해 시계를 보니 오후 다섯 시였다. 사실 하루가 멀다 하고 비가 오고 있었다. 덕분에 한국 여행에 조금씩 짜증이 났다. 갑자기 몰아닥친 추위에 정신을 다 빠져 나가는 기분이었다. 부산터미널 근처에는 의외로 깨끗하고 가격도 대도시 치고는 비싸지 않은 숙박업소가 여러 곳 있었다. 많은 곳을 여행하면서 느꼈지만, 우리나라 사람들은 자전거를 숙소의 안전한 장소에 보관하겠다고 하면 이해를 못한다. 하지만 그 중에서 그나마 자전거를 안전하게 보관할 수 있는 곳으로 숙소를 잡았다.

애써 온 부산에서도 결국 비 구경을 해야 됐다. 예전에 봤던 한국의 가을은 너무나 청명하고 좋았건만, 시기를 잘못 맞춘 것일까?

춥고, 비 오고!

모국이 협조를 안 하여 주는구나!

## 자갈치 시장에서 만난 거부들

대학교 때 부산 자갈치 시장을 와서 보았을 때도 활기차고 재미있다고 느꼈는데 이곳은 여전하다. 풍부한 해산물, 어부들, 소일거리를 하는 아낙네의 모습은 참 보기가 좋았다. 에릭하고 함께 다니니 우리가 싱싱한 생선보다 인기가 좋다. 우연히 고기 잡는 어망을 꿰매는 사람들과 이야기를 하게 됐다.

“아니, 커도 어쩜 저리 큰 남자를 잡았대! 어느 나라 사람이우?”

“애들이 이쁘겠네!”

어른들은 내가 에릭에게 통역하고 이야기 하는 것이 신기하고 재미있는 모양이다. “다리는 길고 팔이 짧은 2세가 태어날지도 몰라요." 하고 에릭은 어른들에게 한술 더 뜬 농담을 던졌다. 옆에 있는 고기 잡는 어망을 꿰매는 데에는 하나당 3천 원이라고 했다. 일의 속도에 따라 수입이 결정된다.

"점심으로 수제비 시켜 먹을 건데 노랑머리 아저씨랑 아주머니도 먹을래요?"

에릭은 배가 고프지 않았고 나도 마찬가지였다. 거절을 할까 하다가 그분들에게 내가 수제비 한 그릇이라도 대접해 주고 싶어 함께 앉았다. 수제비를 먹으면서 그분들의 삶을 잠깐 살펴보았다.

그분들이 일하는 곳은 냄새가 꽤 나는 곳이었다. 보기에는 힘든 듯했지만 아무 불평 없이 일하며 서로의 삶에 대해서 이야기하고, 일을 즐거워하는 모습을 보니, 물질적으로는 가진 것 없지만 마음의 행복은 부자 중의 부자라고 느끼게 됐다.

수제비의 양이 푸짐했다. 너무나 맛깔 나는 양념과 쫄깃쫄깃한 반죽이 없던 허기를 만들었다. 이런 별미를 어르신들 덕분에 먹게 되다니, 또 하나의 추억이 생겼다.

## 할머니의 짓궂은 말

3일 동안 쉬었더니 안 그래도 힘이 드는데, 울산에서 정자로 가는 국도 길은 계속 오르막길이라 있는 힘을 다 주어도 달리는 것 자체가 고역이었고, 다리는 천근만근이었다. 정자에서 갑포로 가는 길에 문무왕수중릉도 보고 감은사지에도 들렀다.

"어이, 노랑머리! 할매 좀 도와 줘."

할머니 여럿이 에릭을 부르는 손짓을 했다. 할머니들은 손수 솔잎을 고르며 잎과 뽕잎차도 맛보라고 하고 팔아 달라고도 했다. 아, 잘됐다. 아빠가 당뇨가 있으니까 솔잎을 사야지 싶어 한 봉지 사는데 다른 것도 좀 더 사가라고 한다. 참 곤란하다. 다 사지 못해 미안할 뿐이다.

"할머니, 저희가 자전거로 여행을 하고 있어서 많이 못 사 드려요."

"무겁지도 않은데 좀 많이 사, 싸게 줄게."

에릭은 이런 정서에 잘 적응이 되지 않아 나에게 필요도 없는 것들을 산다고 조금 핀잔을 줬다. 할머니들은 우리가 자전거로 독일에서 한국까지 왔다는 것을 이해하지 못했다. 독일이라고 했는데도 "미국사람하고 사는 것 어때? 징그럽지 않아?" 같은 질문들을 하면서 즐거워했다.

"이왕 미국사람하고 결혼할 거면 돈 많은 사람하고 해서 자동차로 여행하지, 자전거가 웬 고생이람! 우리처럼 나중에 길에서 솔잎, 뽕잎 팔지 않으려면 젊을 때 열심히 저축해!"

## 결국은 여행지

영해에서 울진까지는 정말로 아름답고 한적하게 자전거를 탈 수 있는 곳이었다. 특히 기성과 울진 사이는 해안도로를 따라 달리기가 아주 좋았다. 겨울 준비를 하는 어부들의 모습이 쓸쓸하게 보이면서 운치도 있었다. 널어놓은 오징어의 모습을 보고 에릭은 재미있는 풍경이라고 열심히 사진을 찍었다. 정신없이 진동하는 오징어 냄새는 정말로 발 냄새와 비슷했지만 잊지 못할 추억이 됐다.

며칠 편하게 지냈다고 울진에서 장호까지 가는 가파른 경사 길은 너무나 힘이 들었다. 한국을 투어하는 길 중에서 가장 최악인 구간을 꼽으라면 임원에서 장호까지일 것이다. 장호에 도착하니 인심이 하늘을 찌를 듯 나빴다. 이제 여행이 끝나가는 건가 싶을 정도였다. 항상 다른 나라에서도 마무리를 지을 단계에 와서는 사람들에게 실망하고 도망치듯이 그곳을 빠져 나와야 했으니까 말이다.

## 학창시절의 꿈

학창시절 때 나의 18번은 이용 씨의 〈10월의 마지막 밤〉이라는 노래였다. 그 노래 가사처럼 10월의 마지막 밤에 정동진에서 조용하게 16개월의 대장정을 마치고 싶었다. 고향 동해안은 자주 가던 곳이라서 낯설지도 않았고, 이제 우리의 최종 목적지에 드디어 도착하게 된다고 생각하니 급한 경사면도 힘들게 느껴지지 않았다.

관광객이 많이 찾아오는 정동진은 주말에 숙박료가 비쌀 것이라고 생각은 했지만, 막상 현실이 되고 보니 그 액수가 너무나 터무니없었다. 비싸도 정도가 있지! 다른 나라를 여행하면서 바가지를 씌운다고 화를 내던 것은 저리 가라고 해도 될 것 같았다. 그래도 10월의 마지막 밤이라 방이 없다고 말하는 주인들은 내가 하는 불평에는 관심이 없다.

운 좋게도 어느 숙박업체에서 여행을 좋아하는 사람을 만났다. 이런저런 이야기를 나누다가 한국에서는 처음으로 공짜로 잠을 잘 수 있게 되었다. 외국에서 받았던 친절과는 조금 느낌이 달랐다. 뭉클함이 있었다.

## 꿈은 이루어진다!

자전거를 타고 처가에 가는 것이 꿈이라고 했던 에릭은 드디어 그 꿈을 이루었다. 그리고 나는 나와의 싸움에서 승리했다. 드디어 긴 여행이 끝났다. 무엇을 보고 만끽하기보다는 도전한다는 생각으로 임했던 이 여행을 무사히 마치는 것으로 나는 나와의 싸움에서 승리했다. 영화에서나 볼 수 있는 일이라고 생각했는데 우리 부부는 16개월 동안 우리만의 영화를 만들면서 목적지인 강릉에 도착했다. 여행 시작한지 3일 만에 포기를 하겠다고 했었는데, 16개월이나 지났다니……. 이 시간 동안 나 자신과 우리 부부, 우정과 신뢰, 믿음과 행복, 자연, 문화, 가치관, 감사, 사랑 등의 소중한 마음을 모두 체험할 수 있어서 기뻤다.

내 마음 속 깊은 곳의 나에게 보여주고 싶었고 확인하고 싶었던 '자신의 가능성을 믿고 노력하면 불가능이라는 것은 세상에 없다.'는 것을 증명할 수 있게 되었다. 진정 언제나 할 수 있다는 믿음을 가지고 살아야겠다는 마음을 다시 되새겼다.

피부색만 다른 게 아니었다. 우린 키부터 성격까지 차이가 나도 너무 많이 나서 어느 나라에 가든 항상 시선이 집중되곤 했다. 난 성격이 급하고 다혈질이지만, 에릭은 온순하고 참을성이 많다. 나의 그런 성격을 일찌감치 파악한 그는 독일에서 한국까지의 자전거 여행 전에 유예기간을 두자는 제의를 했다. 이 유예 기간이 없었다면 이 여행을 무사히 마칠 수 있었을지는 장담할 수 없다.

여행은 휴가와 다른 개념이다. 그래서 분명히 고비가 있고 그만두고 싶을 때도 있다. 나 역시도 몇 번의 고비를 넘겨야만 했다. 하지만 여행포기 유예 기간인 일주일을 보내다 보면 여행을 계속 해야겠다는 결정을 내리곤 했다. 포기할 수 없는 게 아니라, 당연히 내가 가야 할 길이라는 믿음이 있었기 때문이었다. 나는 여전히 여행에 묘미를 느꼈다. 어느덧 여러 숙소에도 길들여지고 자잘한 사고에도 익숙해졌다. 그리고 새로운 세계를 본다는 것에 대한 기쁨이 커졌다.

한국에 있을 때 여행이라고는 관심도 없었고, 여행과 휴가를 동급으로 생각했던 나를 세상 밖으로 이끌어 주고, 이 세상에 볼 것이 너무 많다는 것을 깨닫게 해 주고, 또 더 보고 싶다는 욕망을 갖게 해 준 에릭에게 감사하다. 우물 안을 벗어나 세상을 당당하게 볼 수 있도록 이끌어준 나의 부모님과 가족에게 감사하다.

## 달팽이 부부가 되고파

"달팽이처럼 살고 싶나?"

아빠는 짐을 몸에 잔뜩 지고 이리저리 옮기면서 정말로 또 떠날 것이냐고 묻는다. 걱정스러운 눈빛으로, 안쓰러운 마음으로 우리를 보셨다. 자전거 여행을 반대하셨지만 결국 떠나고 만 우리들이기에 얼마나 신념이 확고한지를 느끼셨는지 그 뒤로 별 말이 없었다.

우리는 여행을 하면서 스스로를 달팽이라고 느꼈다. 자전거에 우리가 필요한 모든 짐을 부착하고 다녔으니 말이다. 인간은 살면서 불필요한 물건들과 잡동사니들을 많이 가지고 있다는 생각이 들었다.

자연으로 돌아가고 싶다는 마음이 간절해졌다. 산을 보고 있노라면 그 산줄기 너머 누군가 날 기다리고 있을 것 같아 그 산줄기를 빨리 넘어 가고 싶다. 그 산줄기 너머에는 나의 모국인 한국이 있고 강릉이 있을 것만 같다.

## 여행의 종착지에서 다시 시작

대관령을 아름답다고 느끼던 때부터 내가 대관령 아래에서 자라난 것이 행복했다. 이런 느낌은 독일에서 한국으로 올 때마다 생기는 이상한 향수였다. 에릭은 서울에서는 살고 싶지 않지만 강릉에 가면 마음이 포근해진다고 했다. 대관령이 있는 우리 여행의 종착점인 강릉은 늘 우리의 시작점이기도 했다. 그립고 포근한 곳. 나를 확인하고 되돌아보는 그런 곳. 시작과 끝이 함께 있는. 마음을 안정시키는 그런 곳이 나에게는 강릉이다. 독일도 그런 풍습이 있단다. 여행의 종착지에서 다시 시작하면 행운이 온다는, 풍습.

나는 다시 여행을 시작한다.

내가 여행을 하다 힘들 때 항상 떠올렸던 명언이 있다.
"길을 모르면 물어서 가면 될 것이고, 잃으면 헤매면 된다. 하지만 중요한 것은 나의 목적지를 잃지 않는 마음이다."라는 루이체의 말이다

나의 목적지를 잃지 않고 지구를 돌아 여행을 마무리했듯이, 앞으로도 난 나의 목적지를 향해 또 여행을 떠날 것이다. 그리고 여행을 통해 얻은 것들을 지금까지 해 온 것처럼 정리해서 책으로 엮고, 더 많은 작은 모임도 갖고, 내 이야기를 들려줄 수 있는 곳에 찾아가 강의를 해 볼 계획이다. 그 계획의 시작으로 10년전 원고를 다시 잡아 다듬었다.

"세상은 너무 아름답고 사람이 있기에 행복한 세상임을."

인생의 방향키는 내가 쥐고 있는 것이고, 내가 나를 위해서 살아야 삶이 즐겁다는, 내가 느낀 행복에 대해서도 말하고 싶다. 그리고 행복의 척도가 물질이 아니라는 것을 여행이 알려 주었으니 겪고, 깨달은 것들을 더 열심히 공유해 볼 생각이다.

우리 부부를 항상 믿고 열심히 지지해 준 부모님과 형제, 친지들에게 고마운 마음을 전한다. 무엇보다도 나의 지난 시간을 책이라는 것으로 다시 태어나게 해 준 마음의숲 권대웅 대표와 그의 식구들에게 고맙다.

**인생은 여행이다!**

**나는 항상 그 여행을 즐길 준비가 되어 있다!**

나는 나를 위해서 산다


지은이 김문숙, 에릭 베어하임
1판 1쇄 인쇄 2011년 9월 14일 | 1판 1쇄 발행 2011년 9월 23일 | 발행인 신혜경
발행처 마음의숲 | 등록 2006년 8월 1일(105-91-03955)
주소 서울시 마포구 서교동 396-47 2층
전화 (02) 322-3164~5 팩스 (02) 322-3166 | 마음의숲 카페 cafe.naver.com/lmindbookl
기획 권대웅 | 편집 권해진 구현진 | 마케팅 박창일 | 디자인 김현주
ISBN 978-89-92783-51-4 03810